Materias

A la memoria de mi padre, Epifanio Méndez, ferviente defensor y ejemplo de la inagotable capacidad creadora del espíritu humano.

T. M. F.

The Program: *En contacto*

En contacto is a complete intermediate Spanish program designed to put the English-speaking student in touch with today's Hispanic culture through its language and literature. The program includes a review grammar *(Gramática en acción)*, a reader *(Lecturas intermedias)*, a workbook/lab manual, and an audio program. ***En contacto*** is based on the philosophy that the acquisition of vocabulary is as important to the intermediate student as the review of grammar. Therefore, each of the twelve chapters of each component is coordinated with the corresponding chapters of the other components by grammar topic, theme, and high-frequency core vocabulary. The program is arranged for flexibility: the grammar text (and exercise manual) can be used independently of the reader in courses in which reading is not emphasized, and the reader can be used independently in intermediate courses stressing reading, literature, or conversation. The twelve chapter themes are varied and were chosen both to appeal to the contemporary student and to introduce cultural materials and stimulating topics for discussion or composition.

Cuaderno de ejercicios y Manual de laboratorio

Each chapter of the combination workbook/lab manual contains all new exercises not found in the review grammar. The vocabulary is drawn exclusively from the review grammar so that the grammar and exercise manual can be used independently of the reader. Cultural materials are emphasized. Each chapter of the exercise manual contains a workbook section with exercises that can be assigned for additional writing practice.

In each chapter there is also a lab section that can be used with the audio program. This lab section contains recorded conversations, grammar practice, listening discrimination exercises, comprehension exercises, dictations, songs, and other exercises for oral practice of Spanish.

Cuaderno de ejercicios

CAPÍTULO **1**   # Diversiones y fiestas

Subject Pronouns and the Present Indicative Tense

CE 1-1 ¿Qué hacen en sus ratos libres? *For each of the following sentences, give the subject pronoun that corresponds to each subject. (If more than one subject pronoun is possible, give both subject pronouns.)*

1. Alicia y Eduardo leen el periódico. _ellos_

2. José Luis corre o anda en bicicleta. _él_

3. Tú y Roberto miran (miráis) televisión. _ustedes_

4. Teresa, Pedro y yo jugamos a las cartas. _nosotros_

5. Juana escucha música y descansa. _ella_

6. Ana y Susana van de compras. _ellas_

7. Tú y tus amigos hablan (habláis) por teléfono. _ustedes_

CE 1-2 El (La) estudiante típico(a). *Create sentences about the typical student at your school.*

Modelo   _____ (trabajar) de voluntario(a) en sus ratos libres.
        Trabaja (No trabaja) de voluntario(a) en sus ratos libres.

1. _Sabe_ (saber) bailar el tango.

2. _Asiste_ (asistir) a conciertos de música «rock».

3. _Hace_ (hacer) mucho ejercicio.

4. _Tiene_ (tener) mucho tiempo libre.

5. _Vive_ (vivir) en una residencia estudiantil.

6. _Maneja_ (manejar) a la universidad.

7. _Va_ (ir) a la iglesia o al templo.

8. _está_ (ser) muy tolerante con personas de otras culturas.

9. _Participa_ (participar) en actividades políticas.

10. _Duerme_ (dormir) ocho horas por día.

CE 1-3 ¿Es usted un(a) estudiante típico(a)? *Create sentences about yourself, using the items from* **Ejercicio CE 1-2.**

Modelo _____ (trabajar) de voluntario...
Trabajo de voluntario(a) para Greenpeace.

Yo duermo en mi casa en mi cama. Por la mañana, me lavanto a 6:30. Me baño y pongo mi ropas. Luego yo como el desayuno. Hablo con mi familia sobre mi tarea. Entonces, vamos a la escuela. Soy de Norteaméricano. Mi mama y papá son irlandeses. Cuando era joven, viví en California. Ahora, vivo en Milton.

Are you typical of students in your school? Why or why not?

Sí, voy a la escuela y aprendo. Luego deportes y estudio para mi tarea por la tarde. Y voy al teatro a mirar las peliculas.

CE 1-4 Actividades paralelas. *Form sentences, using the cues provided, to tell what the following people are doing.*

Modelo   Pedro / estudiar / mientras / María / dormir
                Pedro estudia mientras María duerme.

1.   Los muchachos / ir a clase / mientras / Susana / practicar el piano

   _____

   _____

2.   Juan / tocar la guitarra / mientras / sus hermanos / jugar al béisbol

   _____

   _____

3.   Tú / escribir una carta / mientras / ella / escuchar música

   _____

   _____

4.   Papá y mamá / dormir la siesta / mientras / yo / ver televisión

   _____

   _____

5.   Nosotros / dar un paseo / mientras / él / pensar en el baile de mañana

   _____

   _____

CE 1-5 En el parque central. *Describe the activities you see in this scene from a park on a holiday afternoon. (Note:* **pintar,** *to paint)*

1. Marta _____

2. Luis _____

3. Beatriz _____

4. Roberto y José _____

5. María y Eduardo _____

6. Mario y Alberto _____

CE 1-6 La palabra apropiada. *Choose the correct word to complete each sentence.*

1. Juanita _____ (toca / juega) el violín en la orquesta.

2. ¿Por qué no me _____ (ayudas / asistes) con este ejercicio?

3. El vólibol es un _____ (partido / juego) que practico mucho.

4. El profesor no _____ (sabe / conoce) que tú y yo somos compañeros de cuarto, ¿verdad?

5. ¿_____ (Conoces / Sabes) tú la ciudad de Buenos Aires?

6. Quiero _____ (manejar / navegar) por la Red esta noche.

7. No pensamos _____ (ayudar / asistir) al teatro esta noche.

8. Mario _____ (juega / toca) béisbol para el equipo de «Los Leones».

The Personal *A*

CE 1-7 En casa de Inés. *It's Saturday afternoon and you and some friends are at Inés's house, getting ready to go to a birthday party. Describe what's happening half an hour before you leave. Use the personal **a** when needed.*

Modelos
    a. Anahí / buscar / Eduardo
       Anahí busca a Eduardo.

    b. Luis y yo / escribir / un poema para Ana Laura
       Luis y yo escribimos un poema para Ana Laura.

1. Alejandro / cantar / una canción folklórica

   Alejandro canta una canción folklórica.

2. yo / escuchar / Alejandro

   Yo escucho a Alejandro.

3. Inés / llamar / una compañera de clase

   Inés llama a una compañera de clase.

4. el señor Méndez / leer / una revista

El señor Méndez lee una revista.

5. los muchachos / esperar / los músicos

Los muchachos esperan a los músicos.

6. nosotros / hacer / una piñata para la fiesta

Nosotros hacemos una piñata para la fiesta.

7. ustedes / invitar / la prima de Ernesto

Ustedes invitan a la prima de Ernesto.

8. Ana Laura / echar / una siesta

Ana Laura echa una siesta.

CE 1-8 Minidiálogos. *Complete the following minidialogues with the personal **a** when appropriate.*

1. —¿Necesitas __a__ Pablo?

   —No, necesito _____ su auto. Quiero ir al Club Atlético para ver __a__ su hermana. Ella trabaja allí.

2. —¿Buscan __a__ la profesora de guitarra?

   —No, buscamos _____ su oficina.

3. —Irene quiere invitar __a__ su compañera de cuarto a tu fiesta de cumpleaños. ¿Te parece bien?

   —¡Sí, me parece muy bien! Ella puede traer __a__ todas sus amigas, si quiere. ¡Vamos a comer y a bailar toda la noche!

Nouns: Gender and Number

CE 1-9 ¿Masculino o femenino...? *To indicate the gender of the following nouns, supply the appropriate definite articles and then give the plural, as in the model.*

Modelo ___el___ problema; __los problemas__

1. _la_ ciudad; _las ciudades_
2. _el_ disco; _los discos_
3. _la_ actriz; _las actrices_
4. _la_ mano; _las manos_
5. _el_ examen; _los exámenes_
6. _el_ día; _los días_
7. _la_ canción; _las canciones_
8. _el_ programa; _los programas_
9. _la_ revista; _las revistas_
10. _el_ cine; _los cines_

CE 1-10 ¿Cuál es el femenino de...?

1. _____ el bailarín; _____

2. _____ el artista; _____

3. _____ el compañero; _____

4. _____ el joven; _____

5. _____ el jugador; _____

6. _____ el cantante; _____

Definite and Indefinite Articles

CE 1-11 Fútbol soccer, fútbol rugby y fútbol americano. *Complete the paragraph with the appropriate definite or indefinite articles. Fill in every blank.*

__Un__ deporte que __los__ latinoamericanos o europeos llaman fútbol no es __el__ mismo que aquí tiene ese nombre. Cuando __un__ latinoamericano quiere hablar del fútbol de Estados Unidos lo llama fútbol americano. Y cuando __un__ norteamericano recuerda a Maradona, __un__ gran jugador argentino, inmediatamente piensa en *soccer*. El *rugby* no tiene __la__ popularidad de __los__ otros dos deportes, pero cuenta también con muchos aficionados *(fans)*. Hoy día __los__ tres deportes mencionados son totalmente independientes entre sí *(of each other)* y siguen reglas particulares *(their own rules)*. Pero si estudiamos __la__ historia de los tres, descubrimos que el *soccer,* el *rugby* y el fútbol americano tienen __un__ mismo origen. __El__ fútbol *soccer* es __un__ versión original de __los__ otros dos. En esa versión original, uno no puede tocar __una__ pelota *(ball)* con __los__ manos. En 1823, en __un__ partido que juegan los estudiantes de *Rugby College* (Inglaterra), __un__ jugador decide levantar __una__ pelota con __los__ manos y avanzar con ella. Nace así el *rugby football*. Medio siglo más tarde, ciertas modificaciones en __las__ reglas del *rugby* dan origen al fútbol americano. __El__ primer partido del nuevo deporte tiene lugar en 1874 en Cambridge, entre __los__ universidades de Harvard y McGill de Montreal (Canadá).

CE 1-12 ¿Quién es quién? *Answer each question using an indefinite article when necessary.*

Modelos   ¿Quién es Antonio Banderas? (actor / español)
Es un actor español.

¿Quiénes son Pedro Martínez y Sammy Sosa? (jugadores de béisbol / dominicano)
Son jugadores de béisbol dominicanos.

1. ¿Quién es Seve Ballasteros? (golfista / español)

   _____

2. ¿Quiénes son Gloria Estefan y Jon Secada? (cantantes / cubanoamericano)

   _____

3. ¿Quiénes son Rita Moreno y Rosie Pérez? (actrices / puertorriqueño)

   _____

4. ¿Quién es Rubén Blades? (cantante y actor / panameño)

   _____

5. ¿Quiénes son Pablo Picasso y Salvador Dalí? (pintores / español)

   _____

6. ¿Quién es Carlos Santana? (guitarrista / mexicano)

   _____

7. ¿Quiénes son Tino Villanueva y Gary Soto? (poetas / mexicoamericano)

   _____

8. ¿Quién es Pedro Almodóvar? (director de cine / español)

   _____

9. ¿Quién es Isabel Allende? (escritora / chileno)

   _____

The Reflexive (1)

CE 1-13 Conversación entre amigos. *Complete the conversation between Raúl and Manuel using the correct present tense or infinitive form of one of the reflexive verbs below.*

aburrirse   divertirse   llamarse   reunirse

Modelo   RAÚL: ¿Qué hace Luis esta noche?

MANUEL: Asiste a una «peña» folklórica. Allí él **se reúne** con sus amigos y ellos cantan y **se divierten** ¡toda la noche!

RAÚL: ¿Cómo _____ la canción que canta Luis?

MANUEL: _____ «Adiós muchachos». Es un tango argentino muy famoso. Luis es

un fanático del tango. Cuando (él) _____ de estudiar, siempre canta

tangos... Ahora practica para la «peña»...

RAÚL: Y tú, ¿qué haces cuando _____?

MANUEL: Llamo a mis amigos y (nosotros) _____ aquí o en la cafetería. Después

vamos al cine y ¡lo pasamos muy bien!

RAÚL: Yo también siempre _____ cuando voy al cine con mis amigos. Y

ahora tengo una idea... ¿Por qué no vamos a ver *Evita*...?

MANUEL: ¡Buena idea! Dicen que es una película excelente. ¡Tú y yo vamos a

_____ mucho!

Vocabulario

CE 1-14 Sinónimos. *Match the words on the left with their synonyms on the right. Fill in the blank with the letter of the synonym.*

1. _____ bailar   a. decir

2. _____ canto   b. danzar

3. _____ actor   c. hablar

4. _____ querer   d. canción

5. _____ meditar   e. desear

6. _____ charlar   f. artista

7. _____ contar   g. pensar

CE 1-15 La palabra apropiada. *Complete the following sentences by circling the most appropriate word in each case.*

1. El profesor Silva no tiene auto porque no sabe (conducir / correr).

2. Hay algunos actores famosos que siempre (asisten / ayudan) a los pobres.

3. ¿(Juegas / Tocas) mucho al tenis?

4. No (conozco / sé) a la amiga de Marisa, ¿y tú?

5. Roberto (juega / toca) la guitarra ¡y también canta muy bien!

6. (Conocemos / Sabemos) que a usted no le gustan los tacos.

7. Tengo dolor de cabeza y voy a (beber / tomar) dos aspirinas.

8. ¿Qué días (asistes / ayudas) tú a la clase de español?

CE 1-16 Crucigrama

Horizontales

1. en inglés se dice *paper*
2. cognado de *video*
5. _____ al fútbol o al vólibol, por ejemplo
6. femenino de **actor**
8. _____ el piano o la guitarra, por ejemplo
10. pronombre sujeto
11. plural de **revista**
14. artículo definido, masculino plural
15. ellos _____ un paseo
17. en inglés se dice *to read*

Verticales

1. generalmente se escribe en verso
3. traducción de *in the afternoon* (tres palabras)
4. en inglés se dice *to enjoy*
5. alguien que juega béisbol es un _____ de béisbol
7. cuando uno viaja generalmente escribe y recibe _____ de amigos y parientes (*relatives*)
8. deporte que pueden jugar dos o cuatro personas
9. verbo relacionado con **canción**
12. pronombre sujeto
13. presente de **ir**
16. terminación de infinitivo

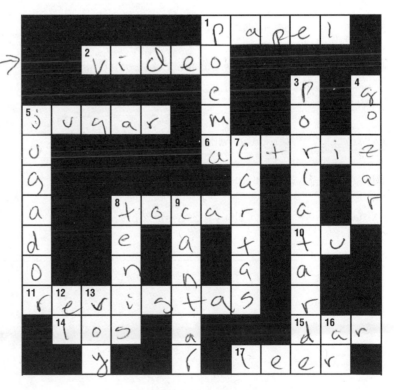

Repaso

CE 1-17 Conversación. *Complete the following conversation.*

ANA: Vamos a la fiesta de Juan, ¿de acuerdo?

PABLO: _____.

ANA: ¿Estudiar? ¿Para qué? No hay exámenes mañana.

PABLO: Pues, está bien. Pero ¿qué vamos a hacer allí?

ANA: _____.

                             _____. Y quiero presentarte a Silvia, una amiga.

(Más tarde, en la fiesta.)

ANA: Silvia, _____.

                Y Pablo, _____.

SILVIA: _____.

PABLO: _____.

SILVIA: ¿Quieres _____, Pablo?

PABLO: No, gracias. No tengo sed. ¿Y tú?

SILVIA: Estoy bien.

PABLO: ¿Te gusta bailar, Silvia?

SILVIA: Sí, me gusta mucho. Y esta música _____.

PABLO: Es de Celia Cruz. A mí también me gusta mucho. _____, ¿de acuerdo?

SILVIA: _____.

CE 1-18 Temas alternativos. *Choose one of the following topics and write about it.*

A. *Una carta. Write a letter to a friend in Spain. Tell him or her what activities you and your friends do for fun on weekends. Remember to include some sort of greeting to open the letter (e.g., How are you? How are things going?).* **Querido(a)** *means "Dear," and* **Con cariño** *means "Affectionately."*

Querido(a) _____ (nombre de la persona):

_____

_____

_____

_____

_____

_____

_____

_____

_____

_____

Con cariño,

_____

(su nombre)

B. Una fiesta. *Describe a holiday you especially like or dislike. Explain why you like or dislike it and tell how you usually celebrate it or how you spend that particular day. For example, tell what you do, what you eat, or where you go.*

_____

_____

_____

_____

_____

_____

CAPÍTULO **2** # Vejez y juventud

The Preterit Tense

CE 2-1 ¡Feliz cumpleaños, Marisa! *Yesterday Marisa turned twenty-one. Form sentences in the preterit to tell how she spent her birthday.*

Modelo   Marisa / cumplir veintiún años ayer
             Marisa cumplió veintiún años ayer.

1. ella / tener un día maravilloso y recibir muchos regalos

   _____

2. sus amigos / celebrar su cumpleaños con una fiesta sorpresa

   _____

3. ellos / también invitar a su compañera de cuarto y traer la comida y las bebidas

   _____

4. la fiesta / empezar alrededor de las once de la noche y terminar ¡cerca de las cinco de la mañana!

   _____

5. Marisa y sus amigos / comer, beber ¡y bailar toda la noche!

   _____

CE 2-2 Las posadas. *In Mexico, the* **posadas** *(literally, inns) is a celebration that lasts for nine consecutive nights, beginning on December 16. People take the roles of Joseph and Mary and go from house to house singing songs and asking for lodging for the Christ child. On the last night, Christmas Eve, there is a big celebration. Find out what took place last Christmas Eve in Sonia's neighborhood by changing her sentences to the past, using the preterit. Follow the model.*

Modelo   Vamos en procesión a la casa de los padrinos (los que pagan la fiesta).
Fuimos en procesión a la casa de los padrinos.

1. Llevamos velas (o candelas).

    _____

2. Un señor y una señora hacen el papel de José y de María, respectivamente.

    _____

    _____

3. Llegamos a la casa de los padrinos; «José» y «María» tocan a la puerta.

    _____

4. Piden alojamiento (*lodging*) en la «posada».

    _____

5. El padrino acepta y entramos todos.

    _____

6. Sirven una gran cena; ponen tamales y un pavo (*turkey*) muy grande en la mesa.

    _____

    _____

7. Yo como, bebo y me divierto mucho.

    _____

8. El tío Carlos trae una piñata para los niños.

    _____

9. Mucha gente va a misa (*mass*) y canta canciones religiosas.

    _____

The Imperfect Tense; Contrast of Imperfect and Preterit

CE 2-3 Una boda inolvidable... *It was Valeria's wedding day and the groom was missing. Complete the paragraph with the appropriate imperfect tense forms of the verbs in parentheses to find out what happened and why he was not there.*

_____ (1. Ser) casi las once de la mañana y la iglesia _____ (2. estar) llena de gente. _____

(3. Haber) flores por todas partes y _____ (4. hacer) un tiempo espléndido. Valeria y sus padres, sin

embargo, _____ (5. estar) muy nerviosos y preocupados. La boda _____ (6. deber) empezar en cinco

minutos y el novio no _____ (7. llegar). ¿Qué _____ (8. pasar)? ¿Por qué no _____ (9. venir)

Ricardo? ¡Por fin, después de muchos minutos de tensión, apareció el novio! Ricardo pidió perdón y

explicó: «Es que unos amigos y yo _____ (10. mirar) un partido de fútbol muy emocionante en la

televisión».

CE 2-4 Combine las frases. *Combine the sentences using the imperfect and preterit, following the model.*

Modelo　　　　Miramos televisión. Susana llega.
　　　　　　　　Mirábamos televisión cuando Susana llegó.

1. Son las diez. Tú llamas por teléfono.

_____

2. Estás con Marta. Viene tu primo.

_____

3. Van a la universidad. Tienen el accidente.

_____

4. Duermen. Sus hijos llevan el auto al mecánico.

_____

5. Pensamos en Juan. Recibimos una carta de él.

_____

6. Vivo en Venezuela. Mueren mis bisabuelos.

_____

CE 2-5 Soltera y sin compromisos. *To know my story, complete the following paragraph by circling the preterit or imperfect form of each verb, as appropriate.*

Yo (1. tuve / tenía) dieciocho años cuando (2. conocí / conocía) a Miguel. Él (3. fue / era) judío y sus

padres (4. fueron / eran) muy religiosos. Mi familia y yo (5. fuimos / éramos) católicos pero no (6. fuimos /

íbamos) mucho a la iglesia. A pesar de nuestras diferencias, Miguel y yo nos (7. llevamos / llevábamos)

muy bien. Los fines de semana generalmente (8. fuimos / íbamos) al parque: (9. caminamos /

caminábamos), (10. charlamos / charlábamos) y, a veces, (11. corrimos / corríamos) unas millas juntos. Un

sábado, sin embargo, nosotros (12. decidimos / decidíamos) ir al cine. (13. Fuimos / Íbamos) a ver una

película sobre la vida del Mahatma Gandhi. A los dos nos (14. gustó / gustaba) mucho la película pero esa

experiencia (15. tuvo / tenía) consecuencias importantes para los dos. Realmente no sé qué pasó en el cine

pero ésa (16. fue / era) la última vez que (17. vi / veía) a mi novio. Dos días después, Miguel me (18. llamó

/ llamaba) desde el aeropuerto para despedirse. Según él, (19. quiso / quería) trabajar de voluntario en

Calcutta durante un tiempo antes de empezar sus estudios universitarios. Ayer (yo)

(20. recibí / recibía) una carta de él. Todavía está en Calcutta y está muy contento con su trabajo. No

menciona cuándo piensa regresar. Por mi parte, yo (21. empecé / empezaba) la universidad en septiembre,

pero todavía estoy aquí, soltera y sin compromisos.

CE 2-6 Breves conversaciones. *Complete the conversations with the appropriate preterit or imperfect form of* **saber** *or* **conocer.**

1. —Anoche (yo) _____ a un estudiante chileno muy interesante.

    —¿Ah, sí? ¡Qué bien! ¿Y dónde lo _____ (tú), Ana?

    —En la boda de mi primo Hugo. (Tú) _____ que mi primo se iba a casar, ¿no?

    —No, no lo _____. Pero dime, ¿cómo se llama el chileno...?

2. —¿Qué hay de nuevo, Silvia?

    —Pues, parece que Francisco y Marta se van a divorciar.

    —¿En serio? ¿Y cuándo _____ (tú) eso?

    —La semana pasada, aunque (yo) ya _____ que las cosas no marchaban bien entre ellos.

    —¡Qué lástima! Tú y Marta son muy buenas amigas, ¿no?

    —Sí, fuimos compañeras de cuarto en la universidad. (Yo) _____ a Marta en 1990 y recuerdo que ella _____ a Francisco en la primavera de 1991. ¡Parecían tan felices juntos...!

Hacer + Time Expressions

CE 2-7 ¿Cuánto tiempo hace...? *Based on your own experience, answer in two ways, following the models.*

Modelo   a. ¿Cuánto tiempo hace que estudia español?
Hace un año (dos años...) que estudio español.
Estudio español desde hace un año (dos años...).

1. ¿Cuánto tiempo hace que vive en esta ciudad (o: este campus)?

_____

2. ¿Cuánto tiempo hace que conoce a su profesor(a) de español?

_____

3. ¿Cuánto tiempo hace que no ve a sus abuelos (o: su mejor amigo[a])?

_____

4. ¿Cuánto tiempo hace que escribe estos ejercicios (del Capítulo 2)?

_____

Modelo   b. ¿Cuánto tiempo hace que llamó a su mamá (papá...)?
Hace una hora (tres días...) que llamé a mi mamá (papá...).
Llamé a mi mamá (papá...) hace una hora (tres días...).

5. ¿Cuánto tiempo hace que terminó la escuela secundaria (o: primaria)?

_____

_____

6. ¿Cuánto tiempo hace que cumplió quince años?

_____

_____

7. ¿Cuánto tiempo hace que conoció a su mejor amigo(a) (o: novio[a]...)?

_____

_____

8. ¿Cuánto tiempo hace que supo la verdad sobre Santa Claus?

_____

_____

CE 2-8 ¿Cuánto tiempo hacía...? *Answer following the model.*

Modelo   ¿Cuánto tiempo hacía que leías cuando ella llegó? (dos horas)
Hacía dos horas que leía cuando ella llegó.

1. ¿Cuánto tiempo hacía que Antonio tenía cáncer cuando murió?   (dos años)

    _____

    _____

2. ¿Cuánto tiempo hacía que ustedes esperaban cuando empezó el concierto?   (veinte minutos)

    _____

    _____

3. ¿Cuánto tiempo hacía que dormías cuando escuchaste el teléfono?   (media hora)

    _____

    _____

4. ¿Cuánto tiempo hacía que íbamos a la universidad cuando conocimos a Ana?   (un mes)

    _____

    _____

CE 2-9 Entrevista. *You are about to interview a Spanish-speaking student at your school. Write at least five questions you would ask him or her, using **hace (hacía)** plus a time period. Ideas: how long the student has been in this country, how long ago did he or she come to the university, what was he or she doing a year ago, if he or she has studied English for a long time, how long since he or she has talked to a family member.*

_____

_____

_____

_____

_____

_____

_____

Vocabulario

CE 2-10 Una reunión familiar. *Mónica is introducing her friend Pablo to people in her family and describing her various relatives. Complete her sentences with the missing words for family members.*

Guillermo   Marta   Cristina   Alicia   Diego   Mónica   Pablo   Raquel

1. Pablo, te quiero presentar a mi prima Raquel; es la _____ de mis tíos Alicia y Diego.

2. Aquí están los padres de Raquel: Alicia, su _____, y Diego, su _____.

3. Raquel tuvo un bebé en agosto y entonces ahora Alicia y Diego ¡son _____!

4. La hija de Raquel se llama Patricia; Alicia y Diego están muy orgullosos (*proud*) de su nueva

   _____.

5. Éstas son Cristina y Marta, mis dos hermanas. Marta se casó en septiembre y éste es Guillermo, antes

   su novio y ahora su _____.

6. Nuestro _____ Antonio no pudo venir. Es el hijo de tía Rosa y de tío Carlos. Sólo

   tuvieron un hijo, así que Antonio no tiene _____.

7. Mamá quiere mucho a su _____ Antonio; es hijo único de su hermana Rosa.

8. La abuela de mamá, mi _____, murió hace poco; ¡tenía 98 años! Pero como puedes
   ver, tengo muchos parientes muy simpáticos.

CE 2-11 Antónimos. *Match the words on the left with their antonyms on the right. Fill in the blank with the letter of the antonym.*

1. _____ vejez   a. muerte

2. _____ soltero   b. juventud

3. _____ recuerdo   c. boda

4. _____ divorcio   d. casado

5. _____ nacimiento   e. olvido

6. _____ pregunta   f. respuesta

7. _____ anciano   g. joven

CE 2-12 La palabra adecuada. *Choose the correct word to complete the following sentences.*

Modelo   solo / sólo / único
               Eduardito __**sólo**__ tenía nueve años cuando viajó __**solo**__ a Buenos Aires.

1. conocía / preguntaba / sabía

   ¿_____ usted que ella _____ Madrid?

2. pedimos / preguntamos / dimos

   Nosotros _____ si tenían vino pero sólo _____ agua.

3. padres / parientes / preguntas

   Tengo muchos _____ pero sólo dos _____.

4. está embarazada / está avergonzada / está casada

   Hace sólo once meses que Amalia _____ y ya _____ de ocho meses.

5. matrimonio / marido / compadre

   Ella no tiene problemas en su _____ porque su _____ es muy bueno.

6. solo / soltero / único

   Roberto no tiene hermanos; es hijo _____ y vive _____, cerca de la casa de su madre viuda.

7. boda / casamiento / matrimonio

   El _____ Pérez llegó tarde a la _____.

8. sabes / conoces / preguntas / pides

   Si no _____ la ciudad, ¿por qué no _____ dónde podemos comprar un mapa...?

Repaso

CE 2-13 Un abuelo, un nieto y un burro. *Complete the following story about the difficulty of pleasing everyone with the correct preterit or imperfect tense forms of the verbs in parentheses.*

Hace mucho tiempo _____ (1. vivir) en España un anciano muy bueno. Él

_____ (2. tener) un nieto que _____ (3. llamarse) Pepito. Un día Pepito y

su abuelo _____ (4. ir) al mercado a vender algunos vegetales. Ellos _____ (5. poner) la

bolsa *(bag)* de vegetales sobre un burro y los dos _____ (6. empezar) a caminar hacia

(toward) el mercado. (Ellos) _____ (7. pasar) por un pueblo cuando _____

(8. oír) que unos hombres _____ (9. reírse) de verlos caminar en vez de usar el burro como

medio *(means)* de transporte. El viejo _____ (10. pensar) unos minutos y le

_____ (11. decir) al nieto que _____ (12. poder) montar *(ride)* el burro si él

lo _____ (13. querer). Pepito _____ (14. subirse *[to get on]*) al burro pero

antes de llegar al mercado ellos _____ (15. ver) que un matrimonio los

_____ (16. mirar) insistentemente. Esta vez el niño _____ (17. bajarse) del

burro y el abuelo lo _____ (18. montar). Muy pronto ellos _____ (19.

escuchar) más comentarios. Una señora _____ (20. hablar) con su hija, y le

_____ (21. decir) que a ella le _____ (22. parecer) muy cruel ver a un niño

andar tantos kilómetros todos los días mientras su abuelo _____ (23. ir) en el burro.

Después de escuchar tantas críticas el abuelo le _____ (24. dar) un consejo al nieto. Él le

_____ (25. decir) que _____ (26. ser) muy difícil satisfacer a todo el mundo

al mismo tiempo. Lo mejor que uno _____ (27. poder) hacer _____ (28.

ser) tratar de actuar siempre correctamente. También le _____ (29. aconsejar) que si él

_____ (30. querer) gozar de buena salud mental no _____ (31. deber) tratar

de dar gusto a todo el mundo porque eso _____ (32. ser) imposible.

CE 2-14 Cuando yo era niña... *Complete the following paragraph with the preterit or imperfect of the verbs in parentheses, as appropriate. Then, use your imagination to finish the story. Add four or five more sentences to give your personal account of what happened.*

Cuando yo _____ (1. tener) nueve años, todos los fines de semana mi hermano Tony y yo

_____ (2. visitar) a nuestros abuelos. Allí, ellos siempre nos _____ (3.

esperar) en la puerta y nos _____ (4. recibir) con los brazos abiertos. Abuela

_____ (5. preparar) unos postres deliciosos y todos los sábados (ella) _____

(6. hacer) arroz con leche porque _____ (7. saber) que ése _____ (8. ser)

nuestro postre favorito. Un día yo _____ (9. tener) que ir sola porque Tony

_____ (10. estar) enfermo. Cuando (yo) _____ (11. llegar) a la casa de mis

abuelos, (yo) _____ (12. ver) que la puerta _____ (13. estar) cerrada.

Durante unos minutos no supe qué hacer ni cómo reaccionar. De repente (*Suddenly*), (yo)

_____ (14. escuchar) un ruido muy extraño y...

_____

_____

_____

_____

_____

CE 2-15 Temas alternativos. *Choose one of the following topics and write about it.*

A. Mi niñez. *Write a paragraph about your childhood. You can talk about things you did regularly as a child, about your family relationships, or whatever you like, but be sure to use past-tense verb forms.*

B. La boda de... *Describe the first wedding you remember attending. You can talk about how old you were, whose wedding it was, where and when it took place, and two or three things you remember most about that day. Don't forget to use past-tense verb forms.*

_____

_____

_____

_____

_____

_____

_____

_____

_____

_____

_____

_____

_____

_____

_____

_____

_____

CAPÍTULO **3** # La presencia latina

Agreement of Adjectives

CE 3-1 ¡Una semana maravillosa! *Ana María has just come back from a week's vacation in Miami. To find out what she did, read the following sentences from her diary, filling in the correct forms of the adjectives in parentheses.*

Modelo Visité barrios **modernos** (moderno).

1. Conocí lugares muy _____ (lindo).

2. Tuve aventuras _____ (interesante).

3. Hice viajes _____ (corto).

4. Comí en restaurantes _____ (cubano).

5. Caminé por calles _____ (típico).

6. Fui a fiestas _____ (magnífico).

Position of Adjectives

CE 3-2 Un viaje imaginario. *Imagine that you have just returned from Puerto Rico and your Spanish instructor wants to know about your trip. Answer the questions using the correct forms of the adjectives in parentheses, in the order given.*

Modelo ¿Llevó maletas? (uno, pequeño)
Sí, llevé una maleta pequeña.

1. ¿Compró regalos? (varios, típico)

   Sí, _____.

2. ¿Salió con amigos?   (tres, puertorriqueño)

   Sí, _____.

3. ¿Visitó museos?   (dos, impresionante)

   Sí, _____.

4. ¿Estuvo en una iglesia (*church*)?   (antiguo, maravilloso)

   Sí, _____.

5. ¿Vio parques en San Juan?   (mucho, pintoresco)

   Sí, _____.

CE 3-3 Una carta a mamá. *Catita is writing to her mother from Mexico; complete her letter with the correct forms of the adjectives in parentheses, putting them in the proper place.*

Modelo   Anoche cené en __**un**__ restaurante __**moderno y elegante**__ (moderno, uno, elegante).

Querida mamá:

Después de manejar durante _____ horas _____ (ocho) llegué ayer a

la _____ ciudad _____ (mexicano, primero) donde pienso pasar

_____ días _____ (varios) antes de continuar hacia el sur.

   La mayoría de los hoteles estaban llenos *(full)*. Por eso dormí en el _____ hotel

_____ (único) que tenía _____ cuartos _____ (libre *[free]*).

   Hoy caminé, por las _____ calles más _____ (dos, importante) y

compré _____ poncho muy _____ (uno, lindo). También fui al

_____ correo *(post office)* _____ (central) y le mandé a Pepito

_____ maleta _____ (grande, uno) con _____

juguetes *(toys)* _____ (típico, mucho).

   Y ahora te dejo hasta tener más noticias que contarte.

                              Un beso grande de tu hija,
                              Catita

Ser Versus *Estar*

CE 3-4 Preguntas y respuestas. *Answer in the present tense, using* **ser** *or* **estar**.

Modelo   ¿Las maletas?... ¿en el avión?
                   Sí, las maletas están en el avión.

1. ¿Buenos Aires?... ¿la capital de Paraguay?

   No, _____.

2. ¿Los viajeros?... ¿en el aeropuerto?

   Sí, _____.

3. ¿La cita con el profesor?... ¿a las nueve?

   No, _____.

4. ¿Óscar y Eduardo?... ¿en una fiesta cubana?

   Sí, _____.

5. ¿El pasaporte de Ana?... ¿sobre el piano?

   No, _____.

6. ¿La mesa nueva?... ¿de madera?

   Sí, _____.

CE 3-5 Nombres y datos del mundo hispano. *Using the correct present or preterit forms of* **ser** *or* **estar**, *create ten true statements by linking a subject from column A with an appropriate ending from column B. (Some subjects could take more than one ending.)*

Modelos Buenos Aires está en Argentina.
  Gloria y Emilio Estefan son cantantes cubanoamericanos.

A

la primera celebración navideña
Martín Argüelles
Sandra Cisneros y Oscar Hijuelos
Isabel Allende
Gloria y Emilio Estefan
unos 35 millones de latinos
Buenos Aires
Puerto Rico
los puertorriqueños
las oficinas de Telemundo y Univisión

B

un «Estado Libre Asociado»
en Miami, Florida
la capital de Argentina
ciudadanos estadounidenses
escritores hispanos
de Chile
cantantes cubanoamericanos
en EE.UU. y viven en Miami, Florida
en Argentina
el primer bebé europeo nacido en América
en América del Sur
en San Agustín, Florida, en 1539
en el Caribe
ciudadanos o residentes legales de EE.UU.

1. _____

2. _____

3. _____

4. _____

5. _____

6. _____

7. _____

8. _____

9. _____

10. _____

CE 3-6 Más con *ser* y *estar*... *Complete the paragraph with a present-tense form of* **ser** *or* **estar** *as appropriate.*

El profesor Torres y su familia _____ de Chile pero _____ en Estados

Unidos desde 1984. Todos ellos _____ muy agradables. Los señores Torres tienen cuatro

hijos. Diana _____ la hija mayor *(oldest)*. Ella _____ muy simpática. Ahora

_____ en la universidad. _____ estudiante de medicina. También su

hermano José _____ en la universidad. Él _____ alto y atlético como su

padre. María y Pepito _____ los «bebés» de la familia. Ellos _____ mellizos

(twins) y tienen doce años. Los dos _____ en la misma clase y _____ muy

buenos amigos. Diana y yo _____ compañeras de cuarto y personalmente yo

_____ muy contenta de vivir con ella. ¡Ella _____ hispana y yo

_____ estudiante de español!

Demonstratives

CE 3-7 Miniconversaciones. *Complete the conversations with an appropriate demonstrative adjective or pronoun.*

1. —Felipe, ¿me puedes pasar ___*esta*___ revista que tienes allí cerca? Quiero verla.

   —¿ ___*Ésta*___ ? Cómo no. Aquí la tienes.

2. —¿Dónde hay un buen restaurante?

   —Bueno, ___*aquél - ese*___ de allí enfrente de nosotros no es muy bueno. Le aconsejo que vaya
   allá lejos; en ___*ese*___ restaurante la comida es excelente.

3. —¿Hay un banco en ____ese____ pueblo?

—Claro que sí. Hay uno en la calle principal.

—¿Y dónde está la calle principal?

—Es ____aquél____ que se ve allá lejos, al otro lado del parque; se llama Independencia.

4. —¿Por qué quiere trabajar aquí en ____este____ fábrica?

—Porque hay muchas oportunidades para salir adelante. También porque vivo en ____este____ barrio, aquí cerca.

—¿Cuál de ____ese____ formularios es el suyo?

—____Ése____, el que usted tiene en la mano derecha.

Possessives

CE 3-8 ¿Y tú? *Create short exchanges using the long forms of the possessive adjective. There are many possible answers.*

Modelo   ¡Hola! Soy Miguel.
Mi lengua materna es el español. **¿Y la tuya?**
La mía es el inglés.

1. Mi país natal (*native*) es El Salvador. ¿ ___Y país tuyo___?

___El mío es California___

2. Mis hermanos están en San Salvador ahora. ¿ ___El la tuya Donde están tuyos___

___los Mios están en Newport Beach___

3. Nuestra familia es muy unida. ¿ ___Cuál es tuyo___?

___El mío es muy unida también.___

4. Mis abuelos ya no viven. ¿ ___Y la tuya los tuyos___?

___Los míos están viviendo.___

5. Mis clases son muy interesantes. ¿ ___Y los tuyos___?

___Los míos son muy aburridos.___

6. Pero mi trabajo es aburrido. ¿ ___Cuál es tuyo___?

___El mío es muy activo.___

Vocabulario

CE 3-9 ¡Un viaje increíble! *Complete the story by filling in the blanks with appropriate words from the following list.*

1. antepasados
2. antiguo
3. ciudadano
4. emigración
5. empleo
6. estadounidense
7. natal
8. nuestro
9. persecución
10. primer
11. única

En 1976 llegó a Washington, D.C., un viajero muy interesante. Un (1) __ciudadano__ argentino llamado Alberto Baretta realizaba con ese viaje una aventura (2) __única__ en la historia de América. Alberto no vino con la idea de volver a su país (3) __natal__ después de dos o tres semanas de vacaciones. Tampoco vino por falta de (4) _____ o por (5) _____ política. Su viaje duró cinco años porque decidió usar un medio de transporte muy (6) __antiguo__. ¡Este gaucho *(cowboy)* argentino viajó a caballo! Empezó su viaje en Uruguay y después de pasar por catorce países de (7) __primer / nuestro__ continente, llegó finalmente a Washington, D.C., donde fue recibido por el presidente (8) __estadounidense__. Después, salió para España, donde quería dejar su caballo Queguay, cuyos (9) __antepasados__ eran los caballos de Europa que hicieron posible la conquista. Queguay fue probablemente el (10) __persecución__ caballo que de manera tan simbólica volvía a la madre patria después de casi cinco siglos de (11) __única__ histórica.

CE 3-10 La palabra apropiada. *Complete the following sentences by circling the most appropriate word in each case.*

1. En Nueva York, la (mayoría / minoría) de la población hispana es puertorriqueña.

2. *Como agua para chocolate (Like Water for Chocolate)* es una película linda y no es muy (grande / larga).

3. El examen de español fue fácil y (bajo / corto).

4. ¿Crees que los hispanos sufren (discriminación / adaptación) en Estados Unidos?

5. Anoche miré un programa de televisión muy (grande / largo) pero también ¡muy interesante!

6. Yo soy un poco (bajo / corto) pero... ¡inteligente, guapo y divertido!

CE 3-11 Crucigrama

Horizontales

4. opuesto a **este** (dirección)
6. querer ver a alguien ausente
7. animal usado en un deporte típico español
9. sustantivo (noun) relacionado con el verbo **viajar**
11. opuesto a **bueno**
13. sinónimo de **valija;** algo que uno lleva cuando va de viaje
14. en inglés se dice appointment
17. sinónimo de **andar**
18. pretérito del verbo **bailar**
19. opuesto a **sí**
20. pronombre sujeto
21. contiene música, generalmente
23. viene después de **cuatro**

Verticales

1. opuesto a **oeste**
2. opuesto a **sur**
3. en inglés se dice almost
5. opuesto a **norte**
8. sinónimo de **calle**
9. para _____ es necesario tener alas (wings)
10. medio de transporte público
12. en inglés se dice tin o tin can
14. uno va al _____ para ver películas
15. el _____ de John Adams también fue presidente de Estados Unidos
16. deporte norteamericano muy popular
20. sinónimo de **característico, particular, propio**
22. sinónimo de **auto**

Repaso

CE 3-12 Tres grandes del cine hispano. *In the following paragraphs, circle the correct words to complete the information on Anthony Quinn, Rita Moreno, and Rubén Blades, three well-known Hispanic entertainers.*

1. Anthony Quinn (es / está) un actor mexicano muy (enojado / famoso). Su nombre completo (es / está) Anthony Rudolph Oaxaca Quinn. Nació en Chihuahua, capital del estado de Chihuahua y ciudad (larga / pintoresca) que (es / está) en el norte de México. Vino a Estados Unidos cuando (era / estaba) niño y vivió la (mayoría / mayor parte) de su vida en este país. Murió a los 86 años, en junio de 2001.

2. Rita Moreno (es / está) de Puerto Rico y ha tenido mucho (desempleo / éxito) como actriz. Hasta ahora, es la (una / única) artista del mundo que tiene un Oscar, un Tony, un Emmy y un Grammy. Como en el caso de Anthony Quinn, (era / estaba) muy pequeña cuando vino a Estados Unidos con su madre.

3. Rubén Blades (es / está) un conocido músico y actor panameño. También (es / está) abogado y político. Según él, la música siempre ha sido parte de su vida. Su madre, (minoría / ciudadana) cubana, (era / estaba) pianista y cantante. Su padre, panameño, tenía un (grupo / puesto) en la policía de su ciudad pero tambien (era / estaba) músico. En los años sesenta Rubén tuvo la (oportunidad / coincidencia) de venir a Estados Unidos y decidió venir. (Fue / Estuvo) una decisión (horrible / estupenda) porque hoy día (es / está) uno de los artistas (hispanas / hispanos) más populares de este país.

CE 3-13 Temas alternativos. *Choose one of the following topics and write a paragraph about it.*

A. Nombres hispanos. *List some place names of Spanish origin in your area (or from the map here) and give some possible reasons for the names they have. Most Hispanic place names are religious* **(San Francisco, Trinidad)** *or descriptive* **(Río Hondo, Arroyo Seco).** *You may have to look up some of the words in a dictionary.*

B. Inmigrantes legales e ilegales. *Describe some of the problems that immigrants to your country face.*

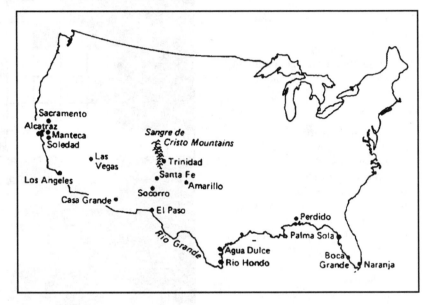

_____

_____

_____

_____

_____

_____

_____

_____

_____

_____

CAPÍTULO **4** # Hombres y mujeres

The Future Tense

CE4-1 Del pasado al futuro. *Complete the following sentences with the future-tense forms of the underlined verbs.*

Modelo   Alicia **prometerá** hoy lo mismo que ya **prometió** ayer.

1. Ustedes no <u>hicieron</u> nada hasta ahora; ¿_____ algo pronto?

2. <u>Cuidé</u> al padre y _____ al hijo también.

3. Ellos no <u>quisieron</u> salir anoche, ¿_____ salir esta noche?

4. Pensó él: «No <u>supe</u> hacer feliz a Lisa..., ¿_____ hacer feliz a Lucy...?»

5. José Luis <u>pudo</u> ayudar una vez pero no _____ ayudar siempre.

6. Mi novio _____ exactamente lo mismo que ya <u>dijo</u> dos veces la semana pasada.

7. Nosotros _____ las tareas del hogar como compartimos otras responsabilidades, ¿no?

8. Susana no <u>vino</u> a la última cita y probablemente no _____ a la próxima tampoco.

CE4-2 Planes de verano. *It is the end of April and some friends are talking about their vacation plans. Fill in each blank with the correct future-tense form of the verb in parentheses to find out what they will be doing this summer.*

1. Yo _____ (trabajar) hasta el 15 de julio y después _____ (decidir) qué hacer el resto del verano.

2. Marta, Sonia y yo _____ (viajar) a México en auto. Nosotras _____ (compartir) todos los gastos (expenses).

3. Alicia no _____ (poder) viajar con nosotras porque _____ (tener) que cuidar a su abuela enferma.

4. Teresa y Ray _____ (estar) una semana en Caracas y _____ (pasar) el resto del verano en Paraguay.

5. ¿Qué _____ (hacer) tú, Pedro? ¿Y adónde _____ (ir) tus padres este año?

CE4-3 Conjeturas lógicas. *As usual, your roommate is bombarding you with questions, and, as usual, you don't know the answers. Respond with conjectures using the future of probability. Follow the model.*

Modelo   —¿A qué hora es la fiesta para Alicia? (las ocho)
            —No sé, **será a las ocho** .

1. —¿Dónde es la fiesta? (en su apartamento)

   —No sé, _____.

2. —¿Cuántos años cumple Alicia hoy? (diecinueve, como nosotras)

   —No sé, _____.

3. —¿Con quién vive ella? (con una amiga)

   —No sé, _____.

4. —¿A qué hora salimos de aquí? (a eso de las siete)

   —No sé, _____.

5. —¿Por qué aún no está aquí tu novio? (en clase)

   —No sé, _____.

6. —¿Qué clase tiene hoy? (una clase de historia o de filosofía)

   —No sé, _____.

7. —¿Y a qué hora llega aquí? (antes de las siete)

   —No sé pero no te preocupes, _____.

The Conditional

CE4-4 Sueños y más sueños. *What would you and your friends do if you had plenty of money? List six of those wishful ideas or plans by combining elements from columns A and B and completing the sentences with the appropriate information. Use the conditional tense, as in the model.*

Modelo   **Mi novio y yo compraríamos un apartamento en Nueva York.**

A

mis amigos
yo
(nombres de dos amigos)
mi novio(a) y yo
mi amigo(a) (+ nombre)
mi compañero(a) de cuarto

B

ir a...
viajar a...
vivir en...
comprar...
cambiar...
compartir...
visitar...
salir...

1. _____

2. _____

3. _____

4. _____

5. _____

6. _____

CE4-5 Expresiones sinónimas. *Say the same thing, but differently. Rewrite the sentences using the conditional of probability.*

Modelo   Los novios <u>probablemente fueron</u> al parque.
              Los novios irían al parque.

1. Tú <u>probablemente sabías</u> la verdad.

   _____

2. Sus padres <u>probablemente eran</u> ricos.

   _____

3. <u>Probablemente eran</u> las diez cuando te llamé.

   _____

4. No comió porque <u>probablemente no tenía</u> hambre.

   _____

5. Acompañó a Celia porque <u>probablemente estaba</u> enamorado de ella.

   _____

Comparisons of Equality and Inequality

CE4-6 Comparaciones. *Look at the drawings and answer the questions using comparatives. Follow the models.*

Modelos

Prof. Díaz

Prof. Ruiz

¿Dónde hay más libros? ¿en la mesa o en la silla?
Hay tantos libros en la mesa como en la silla.

¿Quién es menos popular? ¿El profesor Díaz o el profesor Ruiz?
El profesor Díaz es menos popular que el profesor Ruiz. [*or:* **El profesor Ruiz es más popular que el profesor Díaz.**]

Marta   Susana

1. ¿Quién es más alta? ¿Marta o Susana?

_____

_____

2. ¿Quién recibió más (menos) votos *(votes)?* ¿el señor Ordóñez o el señor Ibarra?

_____

_____

3. ¿Qué hay más en la cola *(line)?* ¿muchachas o muchachos?

_____

_____

4. ¿Cuál es más larga (corta)? ¿la calle Colón o la calle Rincón?

_____

_____

CE4-7 Más comparaciones. *Complete each of the sentences below with one or more of the following words:* **más, menos, que, tan, tanto (-a, -os, -as), como, de.**

Modelos   a. ¿Sabes **tanto** como yo?

               b. Viajaron con más **de** dos mil dólares.

1. Tú tienes cuatro citas y yo dos. Tienes _____ citas que yo.

2. Felipe cuida a _____ niños como su hermana.

3. El profesor habló dos horas y la estudiante sólo una. Él habló _____ que ella.

4. En todo el semestre no tuvimos más _____ un examen.

5. Tomó una decisión tan pronto _____ pudo.

6. Mamá es _____ romántica como papá.

7. Tú eres casada y yo soy soltera. Tienes _____ responsabilidades que yo.

8. Ellos recibieron menos dinero _____ nosotros.

9. Estoy segura de que allí hay más _____ diez estudiantes.

Irregular Comparative Forms; the Superlative

CE4-8 Don Compáralotodo. *Don Compáralotodo always has to have the last word. If someone tells him that he knows an honest person, don Compáralotodo knows one who is more honest; if someone tells him he saw a bad movie, don Compáralotodo has seen one that is worse. Following the models, write responses don Compáralotodo makes to his friends' comments.*

Modelos   a. Ese joven es muy celoso.
               Pero mi hijo es más celoso.

               b. Allí hay pocas mujeres liberadas.
               Pero en Ecuador hay menos mujeres liberadas.

               c. Yo estoy mal.
               Pero su tío está peor.

1. Los García tienen poco dinero.

_____

2. Susana cuida bien a sus hijos.

_____

3. Mauricio acompañó a muchos estudiantes.

_____

4. La margarina es mala.

_____

5. Los Ruiz salen mucho.

_____

6. Colombia es un país pequeño.

_____

CE4-9 Diálogo con un estudiante fanático... _Antonio is trying to convince his friend Carlos to come to the university he attends. Use the superlative as he would, to describe his alma mater._

Modelos   a. ¿Tienen una <u>buena biblioteca de música</u>?
                Sí, tenemos <u>la mejor biblioteca de música del</u> país.

             b. ¿Crees que música es una <u>carrera fácil</u>?
                Sí, creo que música es <u>la carrera más fácil de</u> todas.

1. ¿Está la universidad en una <u>ciudad interesante</u>?

   Sí, la universidad está en _____ esta región.

2. ¿Son <u>simpáticas las muchachas</u>?

   Sí, son _____ todo el país.

3. ¿Es <u>grande la universidad</u>?

   Sí, es _____ país.

4. ¿Vienen aquí <u>estudiantes inteligentes</u>?

   Sí, aquí vienen _____ la tierra.

5. ¿Tienen un <u>buen equipo</u> de fútbol?

   Sí, tenemos _____ mundo.

CE4-10 Dos semanas en Cuba. _Virginia and Pablo have just returned from a two-week vacation in Cuba. They liked some things they saw there very much, and other things, not at all. Answer their friends' questions as they would, following the models._

Modelos   a. ¿Hay **muchas** escuelas?
                ¡Muchísimas!

             b. ¿Es **malo** el transporte público?
                ¡Malísimo!

1. ¿Es Cuba un <u>lindo</u> país? _____

2. ¿Son <u>simpáticos</u> los cubanos? _____

3. ¿Vieron colas <u>largas</u>? _____

4. ¿Hay <u>pocos</u> autos nuevos? _____

5. ¿Son <u>baratos</u> (cheap) los libros? _____

6. ¿Es <u>rica</u> la comida cubana? _____

7. ¿Es <u>grande</u> la universidad? _____

8. ¿Fue <u>interesante</u> la experiencia? _____

Vocabulario

CE4-11 Palabras relacionadas. *Give a noun related to each of the following verbs. Follow the models.*

Modelos   a. seducir **la seducción**
                b. amar **el amor**

1. liberar _____   6. trabajar _____

2. acompañar _____   7. depender _____

3. cuidar _____   8. decidir _____

4. jugar _____   9. prometer _____

5. citar _____   10. cambiar _____

CE4-12 El día de mi santo. *Circle the most appropriate words to complete the following paragraph.*

El 15 de octubre fue el día de mi santo. Esa tarde yo llegué a casa temprano porque (evité / prometí / cuidé) encontrarme con Ray, mi esposo, a las siete y media. Descansé un rato y luego me preparé para salir a cenar con él. Me (cambié / rompí / lavé) la ropa porque quería estar elegante esa noche. Sabía que primero iríamos a cenar y luego a bailar. Ray llegó a las seis y media y me trajo unas rosas hermosas; él es muy (liberado / fuerte / romántico) y sabe que a mí me gustan las flores y sus (tareas / galanteos / celos). Fuimos a mi restaurante favorito en Boston y allí compartimos una cena deliciosa. Después fuimos a bailar y bailamos mucho. Ray es muy simpático y divertido, y me (apoya / insiste / pone) en todo. Su único defecto es que es muy (nuevo / dominador / derecho). También tiene (citas / cuidados / celos) de todo el mundo. Por eso, para evitar problemas, generalmente sólo bailo con él. Eso a mí realmente no me molesta porque ¡Ray es el mejor bailarín que conozco...!

Repaso

CE4-13 Breves conversaciones. *Complete the following brief dialogues with future or conditional forms of the verbs in parentheses, as appropriate.*

Modelo
—¿Sabes qué __**hará**__ (hacer) Sonia mañana de noche?
Sí, me dijo que __**saldría**__ (salir) con José Antonio.
—¡No puede ser! Ayer me prometió que (ella y yo) __**iríamos**__ (ir) al cine a ver la última película de Almodóvar...

1. —¿A qué hora piensas que _____ (llegar) la señora Díaz, Tina?

    —En realidad, ya _____ (deber) estar aquí, mamá. Me dijo que

    _____ (llegar) temprano, a eso de las seis.

    —¡Pero son casi las siete! ¿No _____ (estar) enferma?

    —No lo creo, pero no te preocupes. Yo _____ (cuidar) a Pedrito mientras tú y

    papá van al concierto. ¡Ya tengo doce años!

2. —¿Crees que Paco me _____ (llamar) esta noche?

    —Lo dudo. Él dijo que no _____ (llamar) hasta el jueves o viernes...

    —¿Dijo eso? Pues, si no llama antes del jueves, (yo) _____ (romper) con él ¡antes

    del viernes!

    —¿Cómo? ¿Y no le prometiste que no lo _____ (dejar) nunca?

3. —¿_____ (Ser) muy tarde en Buenos Aires ahora?

    —No sé. Creo que tenemos dos horas de diferencia, así que allí _____ (ser) las

    once. ¿Por qué?

    —Es que le prometí a Susana que la _____ (llamar) hoy, y ella me dijo que

    _____ (esperar) mi llamada todo el día.

    —Entonces, ¿qué esperas? Tu pobre novia _____ (estar) al lado del teléfono,

    pensando que olvidaste tu promesa. ¡Llámala ya, Tony!

CE4-14 Temas alternativos. *Choose one of the following topics and write a paragraph about it.*

A. En el futuro. *Describe your life in 25 years. What will you probably be doing? Will you be married? Will life be different than it is now? In what ways? Use the future tense.*

B. ¡Un millón de dólares...! *Imagine that you have just inherited a million dollars from a very rich aunt. Describe how you would spend that money. What would you buy? Where would you go? Who would you help? What would you do with so much money? Use the conditional tense.*

CAPÍTULO **5**　　　**Vivir y aprender**

The Present Subjunctive Mood: Introduction and Formation; the Subjunctive with Impersonal Expressions

CE5-1 La vida universitaria. *Complete the following sentences about school life, using the present subjunctive. Supply appropriate personal information as well where indicated by the blanks.*

Modelo　　　　Es probable que yo **siga** (seguir) **química** el próximo semestre.

1. Es bueno que mi amigo(a) _____ (especializarse) en _____.

2. Es necesario que mis compañeros y yo _____ (hacer) las tareas a tiempo para la

   clase de _____.

3. Es importante que los profesores _____ (ser) comprensivos.

4. Es una lástima que nosotros no _____ (leer) *Don Quijote* en la clase de literatura.

5. Es dudoso que yo _____ (recibir) una «A» en el examen de _____.

6. Es posible que mis amigos _____ (asistir) a un partido de _____
   el próximo fin de semana.

7. Es difícil que un(a) estudiante _____ (trabajar) y _____
   (estudiar) al mismo tiempo, ¿verdad?

CE5-2 Opciones múltiples. *Mark the most appropriate choice to complete each of the following sentences.*

Modelo   Es verdad que...
___ (a) saque una buena nota.
x (b) **sigo dos cursos de historia.**
___ (c) tome buenos apuntes.

1. No es bueno que...

    _____ (a) hablan mucho en clase.

    _____ (b) fracasen en ese examen.

    _____ (c) exigen demasiado.

2. Es evidente que ustedes...

    _____ (a) sean buenos estudiantes.

    _____ (b) tienen deseos de aprender.

    _____ (c) estén nerviosos.

3. Es mejor que tú...

    _____ (a) lees tus lecciones.

    _____ (b) hagas tus ejercicios.

    _____ (c) aceptas esa beca.

4. ¿Es posible que Mónica...

    _____ (a) sigue cinco materias?

    _____ (b) teme hablar con su profesora?

    _____ (c) se gradúe en diciembre?

5. Es cierto que ella...

    _____ (a) pasó el examen final.

    _____ (b) cambie de carrera.

    _____ (c) estudie medicina.

6. No es seguro que mis padres...

    _____ (a) asistan a esa conferencia.

    _____ (b) pueden pagar mi matrícula.

    _____ (c) van a devolver los videos.

7. Es obvio que usted...

    _____ (a) no saque buenas notas.

    _____ (b) no está en clase los viernes.

    _____ (c) no tenga interés en las ciencias.

8. ¿No es preferible que ustedes...

    _____ (a) se gradúan el año que viene?

    _____ (b) se especialicen en ciencias de computación?

    _____ (c) se especializan en matemáticas?

The Subjunctive with Verbs Indicating Doubt; Emotion; Will, Preference, or Necessity; Approval, Disapproval, or Advice

CE5-3 Quejas cotidianas. *Complete the response that Pepe's mother makes to each of her son's statements or questions, putting the underlined verb in the subjunctive.*

Modelo   —Mamá, no quiero **estudiar** más hoy.
—Pero hijo, insisto en que **estudies** un poco más.

1. —Creo que voy a <u>jugar</u> con los muchachos.

   —Bien sabes que tu padre y yo preferimos que no _____ con tus amigos cuando tienes que estudiar.

2. —Tal vez voy a <u>mirar</u> televisión con Jorge.

   —Eso es peor. Prohíbo que ustedes _____ televisión a estas horas.

3. —Tengo otra idea. Voy a <u>ir</u> al cine con Carmen.

   —No entiendes, Pepe. Tu padre no permite que _____ al cine durante la semana.

4. —Pero mamá, no tengo ganas de <u>hacer</u> mis tareas ahora.

—Hijo, te exijo que _____ esos ejercicios ahora mismo.

5. —Es que no <u>tengo</u> que estudiar para pasar mis exámenes...

—Pues yo dudo que no _____ que estudiar para mejorar *(improve)* tus notas.

6. —Mamá, ustedes los padres nunca <u>comprenden</u> a sus hijos.

—Si quieres que nosotros te _____ tienes que hacer lo que te decimos.

7. —Tú hablas mucho, mamá... y yo tengo hambre... ¿Puedo <u>comer</u> el chocolate que está en el refrigerador?

—No, Pepe. Prefiero que tú y tus hermanos _____ ese chocolate después de la cena.

8. —Ustedes creen que todavía somos niños... ¿Cómo vamos a <u>triunfar</u> en la vida con tantas prohibiciones?

—Tienes que entender esto, hijo. Tu padre y yo queremos que ustedes _____ en la vida, pero aquí en casa nosotros somos DIOS...

UNIVERSIDAD NACIONAL MAYOR DE SAN MARCOS

Universidad del Perú, DECANA DE AMERICA

446 años
forjando ciencia
y desarrollo al
servicio del país

12 de mayo de 1551

INFORMACION
Oficina de Relaciones Públicas
Av. República de Chile Nº 295- Of. 507
Teléfono 433-5882

Estamos seguros de que aquellos que se
incorporen a nuestras aulas recibirán
no sólo la más esmerada educación y formación
profesional sino que contribuirán
a mantener nuestra centenaria tradición
de modernidad y peruanidad.

Tradición y excelencia

Carreras profesionales

- MEDICINA HUMANA
- OBSTETRICIA
- ENFERMERIA
- LABORATORIO CLINICO Y
- ANATOMIA PATOLOGICA
- TERAPIA FISICA Y REHABILITACIO
- RADIOLOGIA
- TERAPIA OCUPACIONAL
- NUTRICION
- FARMACIA Y BIOQUIMICA
- ODONTOLOGIA
- MEDICINA VETERINARIA
- CIENCIAS BIOLOGICAS
- PSICOLOGIA
- ADMINISTRACION
- CONTABILIDAD
- ECONOMIA
- DERECHO Y CIENCIA POLITICA
- LITERATURA
- FILOSOFIA
- LINGÜISTICA
- COMUNICACION SOCIAL
- ARTE
- BIBLIOTECOLOGIA
- EDUCACION
- EDUCACION FISICA
- HISTORIA
- SOCIOLOGIA
- ANTROPOLOGIA
- ARQUEOLOGIA
- TRABAJO SOCIAL
- TURISMO
- NEGOCIOS INTERNACIONALES
- FISICA
- MATEMÁTICA
- ESTADISTICA
- QUIMICA
- INGENIERIA QUIMICA
- INGENIERIA GEOLOGICA
- INGENIERIA GEOGRAFICA
- INGENIERIA DE MINAS
- INGENIERIA METALURGICA
- INGENIERIA INDUSTRIAL
- INGENIERIA ELECTRONICA
- INGENIERIA MECANICA DE FLUIDOS
- INGENIERIA DE SISTEMAS

CE5-4 Deseos y temores. *Combining elements from all three columns, write eight wishes and fears that you have. Use the present subjunctive and follow the models.*

Modelos   a. **No quiero que mi hermano fracase en química.**
              b. **Me alegro de que esta universidad ofrezca cursos de literatura y de educación.**

esperar que	mis profesores	seguir un curso de _____
(no) querer que	tú y tu novio(a)	pagar mi matrícula
dudar que	mi hermano(a)	tener pocos requisitos
alegrarse de que	esta universidad	devolver estos libros a la biblioteca
(no) temer que	mi amigo(a) y yo	fracasar en _____
	tú	ser muy exigente(s)
	mis padres	aprobar el examen final
		dar becas a estudiantes extranjeros
		especializarse en _____
		tomar buenos apuntes
		sacar una «A» en _____
		ofrecer cursos de _____ y de _____

1. _____

2. _____

3. _____

4. _____

5. _____

6. _____

7. _____

8. _____

The Subjunctive Versus the Indicative

CE5-5 ¿Indicativo o subjuntivo? *Complete the sentences with the correct forms of the verbs in parentheses (indicative or subjunctive). Then change them to the negative, using the cues provided.*

Modelo Es verdad que yo **quiero** (querer) tener un título universitario.

No es verdad que yo **quiera tener un título universitario.**

1. Es dudoso que ellos ___tengan___ (tener) el examen hoy.

   No hay duda de que ellos ___tienen el examen hoy.___

2. Tú y Silvia creen que ___~~hayan~~___ hayan (haber) demasiados requisitos.

   Tú y Silvia no creen que ___haya demasiados requisitos.___

3. Es bueno que ustedes ___sepan___ (saber) la verdad.

   No es bueno que ustedes ___sepan la verdad.___

4. Están seguros de que nosotros ___podemos___ (poder) terminar la carrera.

   No están seguros de que nosotros ___podamos terminar la carrera.___

5. Es obvio que en esta clase uno ___aprende___ (aprender) mucho.

   No es obvio que en esta clase uno ___aprenda mucho.___

6. Es evidente que ese liceo ___es___ (ser) muy bueno.

   No es evidente que ese liceo ___sea muy bueno.___

CE5-6 ¿Qué quieren Elena, el Sr. López, Martita y Silvia? *Complete the sentences based on the cues in the pictures.*

Modelos   a.   Elena quiere **dormir.**   b.   Elena no cree que mañana **llueva.**

a.   **b.**

Elena

1.   a. El Sr. López desea _jugar_ _al tenis._   b.   El Sr. López quiere que Martita _sea_ _una doctora._

a.   **b.**

EL SEÑOR LÓPEZ

2.   a. Martita no quiere _ser_ _una doctora._   b.   Martita espera que su mamá le _lea_ _un libro de un conejito._

a.   **b.**

MARTITA

3. a. Silvia piensa _~~sobreditura~~_

~~#~~ rogar libros.

↓ *pagar*

a.

b. Silvia no duda que su novio _esta_

trabajando mucho.

b.

Silvia

CE5-7 Con un poco de imaginación. *Complete the sentences with ideas of your own. You might want to use some of these words:* **estudiar, estar enfermo(a), fracasar, especializarse, saber la lección, devolver, pagar la matrícula, ser muy exigente.**

1. No hay duda que tú _estudias para este examen._

2. Es necesario que yo _busque su amor verdadero._ (que)

3. Pienso que él _necesita un afeitado._

4. Es probable que ellos _sean muy exigente._

5. Ojalá _ame ~~todas~~ su clase._

6. Dudamos que usted _este enfermo._

7. Mis amigos insisten _estudiarnos._

8. No quieren que nosotros _sabemos la lección._

CE5-8 Conversación entre hermanos. *Antonio is telling Dora, his younger sister, how difficult it is to survive in college, but his sister doesn't quite believe everything she hears. Complete Dora's responses using the cues provided.*

Modelo   Es difícil encontrar un buen compañero de cuarto.
            Dudo que **sea difícil encontrar un buen compañero de cuarto.**

1. Todos los profesores son exigentes.

 No creo que _los profesores sean las personas malas_.

2. Los estudiantes pasan todo su tiempo en la biblioteca.

 No es bueno que _pase todo su tiempo en un lugar._

3. Mi compañero de cuarto sólo piensa en ganar dinero.

 ¿Es posible que _____?

4. La comida de la cafetería universitaria es horrible.

¡Es imposible que __la comida sea terrible__!

5. Tengo que leer mil páginas por semana para filosofía.

Es ridículo que __leyas mucho.__

6. ¡En español aprendemos cien palabras nuevas por día!

    we learn

Me alegro de que __no vaya una escuela difícil aprendamos cien palabras nuevas__

Ahora podremos ir a México... ¡y tú serás nuestro intérprete *(interpreter)*!

Vocabulario

CE5-9 Quejas de un estudiante. *Complete the following story of a student's complaints by circling the words in parentheses which are most appropriate in the context of his account.*

El otro día encontré una (1. nota / ventaja) en mi buzón *(mailbox)* que decía que yo tenía que (2. volver / devolver) un libro a la (3. librería / biblioteca) muy pronto o pagar una multa *(fine)*. ¡Qué problema! Es que yo no tengo ese libro en este momento. Mi amiga lo llevó a un (4. colegio / congreso) literario en México y ella no va a (5. volver / devolver) hasta la semana que viene. No tengo el dinero necesario para pagar la multa porque compré varios libros de texto muy caros en la (6. librería / biblioteca) universitaria el jueves pasado. Sigo cinco cursos este semestre y todos los profesores son (7. bajos / exigentes). También hay mucha (8. tarea / esperanza) pero afortunadamente me gusta leer. Asisto a todas las clases y tomo buenos (9. apuntes / deberes), pero a veces las (10. lecturas / conferencias) de los profesores no son muy claras. Yo (11. dudo / siento) que nosotros los estudiantes no podamos darles (12. notas / grados) a los profesores. ¡Creo que muy pocos sacarían una «A»!

CE5-10 Palabras engañosas. ¡Ojo...! *For each of the following words, circle the most appropriate translation.*

1. colegio   school / college / colleague   5. actualmente   truly / actually / currently

2. dormitorio   dorm / apartment / bedroom   6. facultad   department / faculty / field

3. lectura   reading / lecture / lecturer   7. aprobar   to prove / to pass / to probe

4. apuntes   appointments / notes / grades   8. cita   site / to cite / date

Repaso

CE5-11 El perro, el gallo (*rooster*) y la zorra (*fox*). *Complete the following dialogue from Aesop's fables with the correct form of the verbs in parentheses (subjunctive, indicative, or infinitive).*

EL GALLO: Quiero que tú _____ (conocer) a mi amigo el perro.

LA ZORRA: Espero que nosotros tres _____ (ser) muy buenos amigos.

EL PERRO: No dudo que los tres _____ (ir) a poder ayudarnos siempre.

EL GALLO: Es mejor que (nosotros) _____ (caminar) juntos, en caso de peligro. «De

     acuerdo», contestaron la zorra y el perro, y fueron todos hacia el bosque *(woods)*.

EL PERRO: Creo que (nosotros) _____ (deber) pasar la noche por aquí.

EL GALLO: Yo pienso _____ (dormir) en lo alto de este árbol. Buenas noches a to-

     dos.

EL PERRO: Estoy seguro de que yo _____ (ir) a descansar bien en el hueco *(hol-*

     low) de este mismo árbol.

LA ZORRA: Yo también deseo _____ (estar) cerca de ustedes. Voy a dormir aquí.

Después de poco rato dormían los tres. Pero el gallo se despertó muy temprano y empezó a cantar. Al oír su canto, apareció *(appeared)* la zorra. La muy astuta le dijo:

LA ZORRA: ¡Buenos días! Te ruego que _____ (bajar *[to come down]*) del árbol para

     darte las gracias por tan linda canción.

«Esta zorra cree que yo _____ (ser) más estúpido que un burro», pensó el gallo. «Le

quiero _____ (dar) una buena lección a esta 'amiga'».

EL GALLO: Primero es necesario que tú _____ (llamar) a nuestro portero *(gate-*

     keeper) el perro.

La zorra, que sólo pensaba en el banquete que iba a darse con el gallo, no entendió lo que hacía el gallo. Llegó al hueco del árbol y dijo:

LA ZORRA: ¡Buenos días, amigo perro! ¡Queremos que te _____ (levantar)! ¡Es una

     vergüenza *(shame)* que tú _____ (seguir) en la cama...!

Con tanto ruido, la zorra despertó al perro y éste, enojado por la falta de respeto de aquélla, atacó a la zorra y le empezó a dar palos *(beat)* sin piedad *(pity)*.

La moraleja *(moral)* de esta fábula puede ser la siguiente:

Es bueno que uno _____ (ser) astuto, pero es mejor _____ (actuar)

siempre con prudencia.

CE5-12 La Universidad de Santiago de Compostela. *Marta and Fernando are going to the University of Santiago de Compostela in Spain to take a summer course. Complete their conversation with appropriate forms of the present subjunctive or indicative.*

UNIVERSIDAD DE SANTIAGO DE COMPOSTELA

CURSOS INTERNACIONALES ESPAÑOL PARA EXTRANJEROS

MARTA: Si vamos a ir a Santiago de Compostela para estudiar este verano, es importante que

_____ (1. conocer) la historia del

lugar. ¿Sabías que Santiago _____

(2. ser) la tercera ciudad de peregrinaje *(pilgrimage)*

más importante del mundo, después de Roma y

Jerusalén?

FERNANDO: No, realmente no lo sabía, Marta.

MARTA: Pues, según este libro, los restos del apóstol Santiago

fueron enterrados *(buried)* en una tumba que hoy

está debajo de la catedral.

FERNANDO: ¿Por qué se ven conchas *(seashells)* en todos los

dibujos de peregrinos...? ¿Será que tienen algún valor

simbólico?

MARTA: Según lo que dice aquí, es verdad que la concha

_____ (3. ser) el emblema de los

peregrinos a Santiago y es cierto también que

_____ (4. ser) el símbolo que todo

peregrino debe llevar. Escucha..., dice que Santiago

500 años de historia universitaria.
Más de 50 años de experiencia en cursos
de español para extranjeros.

Cursos de Verano.
Cursos de semestrales y anuales.
Cursos para profesores y profesionales.

Profesorado cualificado
Con años de experiencia en la docencia
de Español como lengua extranjera.
Niveles de iniciación, medio y superior.
Diseño de grupos según necesidades docentes.
Materiales didácticos incluidos en la matrícula.
Recursos audiovusuales. Laboratorio de idiomas.
Cicios sobre cultura y sociedad española.
Imparidos por profesorado universitario.
Historia; Arte; Música; Cine; Política,
Literatura española e hispanoamericana.
Instalaciones de la USC
A disposición del alumnado: alojamientos,
deportes, bibliotecas, comedores.
Programación cultural y de tiempo libre
Excursiones, visitas, conciertos, etc.
Seguro médico para todos los alumnos
Condiciones especiales para grupos

Para más información:
Universidade de Santiago de Compostela
Cursos Internacionales de Verano
Santiago de Compostela, A Coruña, Espña.
Tlf: (981) 597035
Fax: (981) 597036
Email: cspanish@uscmail.usc.es
Internet: http://www.usc.es/Spanish

es una de las ciudades más hermosas de España y que _____

(5. contar) con una universidad muy importante. Creo que la universidad

_____ (6. tener) más de 30 mil estudiantes.

FERNANDO: No hay duda de que esa ciudad _____ (7. deber) ser muy interesante,

pero tengo miedo de que las clases allí _____ (8. ser) difíciles. Espero

que (tú y yo) _____ (9. poder) mantenernos al nivel de la clase... y

ojalá que no _____ (10. tener) que hablar enfrente de mucha gente.

MARTA: No creo que el profe nos _____ (11. poner) a pronunciar discursos

(speeches), Fernando; no te preocupes. Pero ojalá que (nosotros) _____

(12. tener) bastante tiempo libre para ver los sitios de interés. Entre otras cosas, quiero

que (nosotros) _____ (13. visitar) el museo, el Palacio de Gelmírez, la

Plaza de la Quintana..., ¡y lógico!, las ciudades de Pontevedra y de La Coruña, que están

cerca...

FERNANDO: ¡Caramba! Marta, creo que (tú) me _____ (14. ir) a llevar por toda

España. ¿Qué clase de vacaciones son ésas...?

MARTA: Bueno, ¡no exageres, Fernando! Es cierto que _____ (15. preferir) estar

activa durante las vacaciones, pero...

FERNANDO: ¿Activa? Tú eres super-hiper-requeteactiva, mi amor. ¡Espero que en ese itinerario tuyo

también _____ (16. haber) tiempo para descansar un poco...!

CE5-13 Temas alternativos. *Choose one of the following topics and write a paragraph about it.*

A. Carta abierta a... *Write an "open letter" to the president of your school or your instructors about what you want him/her or them to do to improve campus life and your own life. Use* **querer** *or* **es importante** *and the subjunctive at least twice. Begin with* **Estimado(a) señor(a)** *or* **Estimados profesores.**

B. Deseos personales... *Write a list of eight wishes related to things that other people (a teacher, your friends and relatives) could do to make your life happier. Use at least four different verbs or expressions from the following list:* **querer, desear, esperar, necesitar, preferir, es importante, es necesario.**

_____

_____

_____

CAPÍTULO **6**   **De viaje**

Direct and Indirect Object Pronouns

CE6-1 Un viaje a España. *Sandra is talking to her friend Teresa. Complete their conversation with appropriate direct object pronouns.*

TERESA: ¿Ya compraste los boletos para tu viaje?

SANDRA: Sí, __los__ compré hace una semana.

TERESA: ¿Hiciste tus maletas?

SANDRA: __Las__ hice anoche.

TERESA: ¿Y ya tienes los cheques de viajero?

SANDRA: ¡Sí, ya __los__ tengo! Sólo debo llamar a mis padres para decirles que salgo mañana.

               __se__ llamo ahora mismo...

TERESA: ¡Qué organización! ¡_____ felicito *(congratulate)*, chica!

Sandra llega a Madrid y llama a la casa de Paco y Adela García, dos viejos amigos. Adela contesta el teléfono.

ADELA:	Dígame.
SANDRA:	Hola, Adela. Soy yo, Sandra.
ADELA:	¡Sandra! ¿Cuándo llegaste?
SANDRA:	Esta tarde, hace unas dos horas. Estoy en el Hostal Lisboa.
ADELA:	Y ¿cuándo nos visitas? ¿Puedes esta noche... o ahora mismo...?
SANDRA:	Pues, la verdad es que estoy un poco cansada ahora, pero __te__ puedo ver mañana a mediodía si están libres.
ADELA:	¡Claro que sí! Yo puedo pasar por tu hotel a recoger __los__. ¿Qué te parece si __me__ esperas en la entrada principal a eso de las doce? Luego pasamos por Paco... ¡y después tú ordenas, Sandra! ¡Vamos adonde tú quieras! ¿De acuerdo?

CE6-2 Promesas y más promesas. *Before Rita leaves for Mexico, she makes some promises to her boyfriend, Luis. Using direct object pronouns, ask questions Luis would ask in response to Rita's promises.*

Modelos
    a. —Te extrañaré mucho.   —¿ **Me extrañarás** ?
    b. —No perderé <u>mi pasaporte.</u>   —¿ **No lo perderás** ?

1. —Seguiré <u>tus consejos.</u>   —¿ _Los seguirás_ ?

2. —Visitaré <u>el Museo de Antropología.</u>   —¿ _Lo visitarás_ ?

3. —Pagaré <u>mis cuentas</u> a mi regreso.   —¿ _Las te pagarás_ ?

4. —<u>Te</u> llamaré desde Guadalajara.   —¿ _Me llamarás_ ?

5. —Mandaré <u>cartas y tarjetas postales.</u>   —¿ _Las mandarás_ ?

6. —Veré <u>a Susana.</u>   —¿ _La verás_ ?

7. —No traeré <u>regalos caros.</u>   —¿ _Los no traerás_ ?

8. —Haré <u>una larga gira.</u>   —¿ _La harás_ ?

CE6-3 Servicios de la agencia «Turismo para todos». *To find out the kinds of services offered by this travel agency, form sentences using indirect object pronouns, as in the model.*

Modelo   ofrecen giras culturales muy baratas / a los estudiantes
        Les ofrecen giras culturales muy baratas.

1. dieron mapas y guías de turismo / a mí

    Me dieron mapas guías de turismo.

2. encuentran hoteles buenos y cómodos / a sus clientes

   Les encuentran hoteles buenos y cómodos.

3. ayudarán con itinerarios y sugerencias / a ti

   Te ayudarán con itinerarios y sugerencias.

4. alquilaron un auto / a Roberto

   Le alquilaron un auto.

5. consiguieron boletos para un concierto / a los turistas

   Les consiguieron boletos para un concierto.

6. buscarán los mejores guías / a nosotros

   Nos buscarán los mejores guías.

CE6-4 Diálogo breve. *Complete the conversation with the appropriate indirect object pronouns.*

EL GUÍA: ¿_____ va a tocar algo a los pasajeros?

SR. LEAL: Lo haría con gusto, pero... no sé dónde está mi guitarra.

EL GUÍA: Yo _____ puedo ofrecer la mía, si _____ promete tratarla bien.

SR. LEAL: ¡Por supuesto!... y muchas gracias. Usted es muy amable. Bueno, distinguidos señores y

                señoras, primero _____ voy a cantar «Adiós muchachos», un tango típico de mi

                país.

UN JOVEN: (a su amiga) ¡Ay, no, los tangos son muy viejos! ¡Los bailaban nuestros abuelos y

                bisabuelos! Creo que este concierto no _____ va a gustar a nosotros.

LA AMIGA: Tienes razón. ¿Por qué no _____ dices al guía que queremos cruzar a ese

                restaurante a tomar algo? Tengo mucha sed... ¿_____ puedes invitar a tomar

                una limonada bien fría?

EL JOVEN: ¡Claro! Y si tienes hambre, _____ puedo comprar algo de comer.

SR. LEAL: Bueno, si aquellos dos jóvenes dejan de hablar y _____ hacen el favor de

                escuchar, voy a empezar con «Adiós muchachos».

CE6-5 De vacaciones. *Answer the following questions two ways, using direct or indirect object pronouns, following the model.*

Modelo ¿Piensa usted esperar (a los turistas)?

Sí, **pienso esperarlos**.

Sí, **los pienso esperar**.

1. ¿Quieres hacer (las reservaciones para los hoteles) mañana?

Sí, las quiero hacer.

Sí, quiero hacerlas.

2. ¿Prometen ustedes dejar propina (al botones)?

Sí, se la prometemos dejar

Sí, prometemos dejarsela.

3. ¿Piensas mandar una carta (a tus padres)?

No, se la pienso mandar

No, pienso mandarsela.

4. ¿Puedes pedir un mapa (a la guía)?

Sí, se lo puedo pedir

Sí, puedo pedirselo,

5. ¿Prefieren ustedes visitar (el museo) hoy?

Sí, lo preferimos visitar

Sí, preferimos visitarlo.

6. ¿Quiere usted dejar (su pasaporte) aquí?

No, lo quiero dejar.

No, quiero dejarlo.

Prepositional Object Pronouns

CE6-6 Complete las frases. *Complete the sentences with the prepositional object pronouns corresponding to the cues in parentheses.*

Modelo Las estampillas son para **mí** (yo) y el mapa es para **él** (Juan).

1. Prometo ir con ___tigo___ (tú) si no sales con ___ellos___ (Ernesto y Javier).

2. Los boletos son de ___ellas___ (Ana y Sonia) pero eso es de ___nosotros___ (Luis y yo).

3. ¿Estás segura que no hubo nada entre ~~la~~ *tú* (tú) y *él* _____ (Rogelio)?

4. Según *él* _____ (el gerente del hotel), ustedes no pueden pasar la noche

con *migo* _____ (yo) sin pagar extra.

5. Como había pocos asientos libres, el guía se los dio a *ellas* _____ (las mujeres) y a

ellos _____ (los niños). ¿Es eso caballerosidad (*chivalry*) o discriminación?

6. Todos compran algo para ~~ella~~ *ella* _____ (la recepcionista), excepto

mí _____ (yo) porque ya le dejé una buena propina.

CE6-7 Minidiálogos. *Complete the following minidialogues with prepositional object pronouns.*

Modelo   UN ABOGADO: A **usted le** acusan de robar una vaca, señor.
               UN HOMBRE: **¡Imposible! ¡Soy vegetariano!**

1. UNA NIÑA: Los señores no están en casa. Están de vacaciones.

   UN HOMBRE: Mejor, preciosa, nosotros sólo venimos para robarles a _____.

2. UN HOMBRE: ¿Vio usted algún policía aquí en la estación?

   UN TURISTA: No, señor.

   EL HOMBRE: Entonces ahora mismo le ordeno a _____ que me dé a

                    _____ todo su dinero, sus cheques de viajero, su reloj, su

                    anillo (*ring*)... ¡todo su equipaje!

3. UNA NIÑA: Entre mi mamá y yo lo sabemos todo. A _____ nos puede

                    preguntar cualquier cosa.

   UN PASAJERO: A ver. ¿Dónde está la aduana?

   LA NIÑA: Ésa es una de las cosas que sabe mi mamá. Le debe preguntar eso a

                    _____.

4. UN NIÑO: Mi profesor dice que los tiempos verbales son: presente, pasado y futuro. ¿En qué

                    tiempo está la oración: «Yo te pido dinero a _____»?

   LA MADRE: ¡Tiempo perdido, hijo mío!

Two Object Pronouns; Position of Object Pronouns

CE6-8 Opciones múltiples. *Each of the following sentences has either the direct or the indirect object underlined. For each of them, four possible answers are given. Choose the phrase to which the pronoun might refer.*

Modelo Yo se la voy a dar después.

____ la carta   **x a ellas**   ____ a mí   ____ el recuerdo

1. Si ustedes esperan, yo se lo pregunto.

✓ al botones   ____ el botones   ____ la información   ____ el número

2. Lo vas a necesitar en el aeropuerto. ¿Por qué no lo llevas?

____ el correo   ____ la valija   ✓ el pasaporte   ____ al doctor

3. Ellos nos los van a vender, pero a un precio más bajo.

____ a los padres   ____ a ella   ✓ los boletos   ____ la propina

4. Bueno, te las llevo hasta la estación.

____ a nosotras   ____ los mapas   ✓ las valijas   ____ a la familia

5. ¿Cuándo nos la va a traer?

✓ la cuenta   ____ la costumbre   ____ el buceo   ____ la calle

6. Prefiero dejárselas en el hotel.

____ las estampillas   ____ a mí   ✓ a ustedes   ____ los billetes

7. ¿Nos la explicas ahora?

____ la dirección   ____ a nuestros hijos   ✓ a nosotros   ____ a ella

8. No te lo puedo decir, Pedro; es confidencial.

____ a la playa   ✓ a ti   ____ el secreto   ____ el huésped

CE6-9 ¡Buen viaje! *Just before leaving for Lima, Perú, Mrs. Fernández begins to worry about whether everything is in order for the trip. Using object pronouns, form affirmative answers to the questions she asks Mr. Fernández.*

Modelos   a. SRA. FERNÁNDEZ: ¿Te marcaron las valijas?
  SR. FERNÁNDEZ: **Sí, ya me las marcaron.**

  b. SRA. FERNÁNDEZ: ¿Le diste nuestro número de teléfono al abogado?
  SR. FERNÁNDEZ: **Sí, ya se lo di.**

1. ¿Les explicaste la situación a los vecinos?

   Sí, ya se la expliqué

2. ¿Me pusiste los documentos en la cartera?

   Sí, ya te los puse.

3. ¿Nos reservaron los Benítez un hotel en Lima?

Sí, ya ~~nos~~ *se lo* *~~reservaron~~* reservaron.

4. ¿Le dejaste los gatos a Pancho?

Sí, ya se los dejé.

5. ¿Te dio las medicinas Graciela?

Sí, ya me las dio.

6. ¿Les mandaste el telegrama a los Benítez?

Sí, ya ~~les~~ *se* lo mandé.

Commands

CE6-10 Preguntas para el guía. *It is the first day of a tour and the tourists are asking their guide many questions. Answer their questions with negative **usted** or **ustedes** commands, as the guide would.*

Modelos

    a. ¿Puedo cambiar dólares en esta pensión?
    No, no cambie dólares en esta pensión.

    b. ¿Debemos dejar propina aquí?
    No, no dejen propina aquí.

1. ¿Puedo ir a la playa ahora?

No, no *vaya* ~~vaya~~ a la playa ahora.

2. ¿Podemos sacar fotos en este museo?

No, no sacen fotos en este museo.

3. ¿Puedo comprar regalos en el aeropuerto?

No, no compre regalos en el aeropuerto.

4. ¿Debemos poner las valijas en el taxi?

No, no *pongan* ~~pongan~~ las valijas en el taxi.

5. ¿Debo buscar un hotel de lujo?

No, no *busque* ~~busque~~ un hotel de lujo.

6. ¿Podemos pagar con tarjetas de crédito?

No, no *paguen* ~~paguen~~ con tarjetas de crédito.

CE6-11 Un sábado típico. *It's Saturday night, and a lot of things are happening. Make at least eight **tú** commands based on the drawing of the apartment building. Include some negative commands.*

Modelos   Pon un disco de Julio Iglesias, ¿de acuerdo?
                 No pongas música clásica, por favor. No me gusta.

Mira una programa de ~~soap~~ Diso en el televisión.

No mires, ~~extremos~~ ~~Arkatodeon~~ es una programa mal~~o~~.

Dime

~~Dieces~~ un ocho. Pero No, no tengas, lo siento.

"Me gusta la musica pero ¿donde esta la guitarra? ~~Quiera tocar~~.

¿~~Toque~~, la guitarra, Felipe,

Toca

Mama, papa. ¡Quieras conocer Paul!

CE6-12 ¡Que problema! *Read the following problems or situations and write one appropriate comment or suggestion, using the command forms indicated in parentheses. Use a __different verb__ for each comment or suggestion.*

Modelo   Estoy cansado. (tú) __Descansa un rato.__ (o: __No trabajes más hoy.__)

1. Necesito unas vacaciones. (usted) _No necesiten una vacacion._ _Necesit unas vacaciones._

2. No sabemos a qué hora empieza la conferencia. (ustedes) _¡No saben la hora! No saben a que hora_

3. Tú, Ana y yo tenemos un examen difícil mañana. (nosotros) _¡Odiemos la profesora!_

4. Quiero sacar una buena nota. (tú) _¡No quizas sacar una buena nota, quiere un vacacion!_

5. Los niños tienen hambre. (mandato indirecto) _? Come_

6. Tenemos sueño. (nosotros) _¡Necesitemos a dormir!_

7. Estoy en un hotel y no hay agua caliente en el baño de mi habitación. (tú) _¡Pueda quedar a mi cuadro!_

Commands with Object Pronouns

CE6-13 Mandatos y consejos entre amigos. *Fill in the second sentence of each series with the appropriate affirmative or negative command, using the same verb as the first sentences. Use object pronouns whenever possible.*

Modelo   —No dejé las cartas en el correo ayer. ¿Qué hago?
—Pues __déjalas__ hoy, Paco.

1. —Le compré los boletos a Jorge y ahora él me dice que no tiene dinero...
—Mira, no _los compre_ nunca más. ¡Jorge abusa de ti!

2. —¡Dios mío! ¡Ustedes no llamaron a Susana!
—¡Es verdad! _no le llamen_ ahora mismo. Ella nos va a perdonar, ¿no?

3. —No compramos boletos de ida y vuelta. ¿Qué hacemos?
— _comprenmoslos_ en la estación central. Ustedes ya saben dónde queda.

4. —No le di la bienvenida *(welcome)* a Enrique Rosser. ¿Qué hago? ¿Crees que ya es tarde?

   —No, creo que no... Allí está él. ___Dala___ ahora, Beatriz.

5. —¿Cómo? ¿No le explicaron el problema al guía?

   —No... pero todavía hay tiempo. ①___Necesita ayudar___ inmediatamente. Él nos comprenderá.
   ② ~~Explicata~~ Explíquenselo

CE6-14 De viaje. *While the Montoyas are at the Hotel La Posada, they are asked a number of things by the employees. Create appropriate responses using **usted** or **ustedes** commands. Use object pronouns whenever possible. There are many possible answers.*

Modelos   ¿Dónde dejamos las valijas?
                    Déjenlas aquí, por favor.

                    ¿Les doy un mapa de la ciudad?
                    Sí, dénos uno, por favor.

1. ¿Cierro las cortinas *(curtains)*?

   _____

2. ¿Los despertamos mañana por la mañana?

   _____

3. ¿Les puedo traer algo de tomar ahora?

   _____

4. ¿Les damos unas mantas *(blankets)* extras?

   _____

(Al otro día.)

5. ¿Limpio el cuarto ahora?

   _____

6. ¿A qué hora les servimos el desayuno?

   _____

7. ¿Les dejo toallas extras en el baño?

   _____

8. ¿Les reservamos una mesa para la cena?

   _____

9. ¿Les llamo un taxi?

   _____

Vocabulario

CE6-15 Los problemas de Pepe. *Pepe spent two weeks in Barcelona and although he enjoyed the last ten days very much, he prefers to forget his first few days there. To understand why, read the sentences below and circle the verbs in parentheses that best complete his comments.*

1. (Sacó / Tardó) cuarenta minutos en encontrar el hotel.

2. (Tomó / Llevó) un taxi que costaba mucho.

3. Asistió a una conferencia que (tardó / duró) dos horas ¡y que era muy aburrida!

4. (Dejó / Salió) para la playa sin llevar su toalla.

5. Tuvo que (salir / dejar) del agua rápidamente porque casi le atacó... ¡un tiburón *(shark)*!

6. (Se marchó / Dejó) del restaurante sin pagar la cuenta y el camarero le gritó.

7. Después (dejó / salió) su tarjeta de crédito en el restaurante.

8. Finalmente, le llevó mucho tiempo llegar a su hotel... ¡porque no recordaba (la dirección / el sentido)!

Repaso

CE6-16 ¿Adónde llega? *You are in the Hotel Continental in an unfamiliar city. With the help of the map below, you set out to view the town. Follow the directions and fill in the missing information. (The destination reached at the end of a direction becomes the starting point for the next direction, as shown for number 1.)*

Modelo   Usted está en la puerta del Hotel Continental. Doble a la derecha.
        Cruce la Avenida de las Palmas y siga derecho por la calle Irala.
        Cruce la Avenida 15 de Agosto. ¿Qué edificio ve en la esquina derecha?
        el Palacio de Bellas Artes

1. Ahora usted está en la puerta del Palacio de Bellas Artes. Doble a la izquierda y cruce la Avenida 15

  de Agosto. ¿Qué edificio ve usted en la esquina? _____.

2. Ahora usted está en la puerta del _____.

  Cruce la calle Irala y siga derecho por la Avenida 15 de Agosto hasta la calle José Martí. Doble a la

  izquierda y camine una cuadra. Cruce la Avenida de las Palmas. ¿Qué edificio ve usted a su

  derecha? _____

  _____.

3. Ahora usted está en la puerta del _____.

  Cruce la Avenida de las Palmas y camine una cuadra por la calle José Martí. ¿Qué edificio está en la

  esquina izquierda? _____.

4. Ahora usted está en la puerta de la _____.

  Doble a la izquierda y cruce la Avenida 15 de Agosto. ¿Qué edificio está en la esquina? _____

  _____.

5. Ahora usted está en la puerta de la _____.

  Cruce la calle José Martí y siga derecho por la Avenida 15 de Agosto. Camine una cuadra y media.

  ¿Qué edificio ve usted a su izquierda? _____.

6. Ahora usted está en la puerta del _____,

  donde alguien le roba (steals) sus cheques de viajero. Doble a la derecha y siga hasta la esquina.

  Doble a la izquierda y camine media cuadra por la calle Solís. ¿Qué edificio está a su derecha? _____

  _____.

7. Ahora usted está en la puerta de la _____

  y quiere descansar. Doble a la derecha y camine hasta la esquina. Cruce la calle Solís y siga por la

  Avenida de las Palmas hasta la calle Irala. En la esquina opuesta usted va a descansar porque está

  nuevamente en el _____

  _____.

CE6-17 Temas alternativos. *Choose one of the following topics and write a paragraph about it.*

A. Tarjeta postal. *You are in another city (not your hometown) traveling. Write a postcard to a Spanish-speaking friend describing the place you are visiting.*

B. Una carta. *A Spanish-speaking friend is planning a trip to your area. Write him or her a short letter with some advice. You might include things to bring, things not to bring, how to get to your house from the airport, or what sites of interest you recommend seeing. Use command forms when possible. (Again, you can use* **Querido(a)** *plus your friend's name at the beginning, after the date, and* **Con cariño** *as a complimentary close.)*

_____

_____

_____

_____

_____

_____

_____

_____

_____

_____

CAPÍTULO **7** # Gustos y preferencias

Gustar, Faltar, and Similar Verbs

CE7-1 Sobre gustos musicales... *Marisa, an exchange student from Perú, is telling her roommate about the kinds of music she and the people she knows like the most, and why. Looking at and deducing from the illustration below, form sentences with the elements given and the present tense of **gustar** or **encantar**. End each sentence with a possible or probable reason, as Marisa would.*

Modelo   mi hermana mayor / boleros / porque...
A mi hermana mayor le gustan (encantan) los boleros porque son románticos y tienen letras muy poéticas.

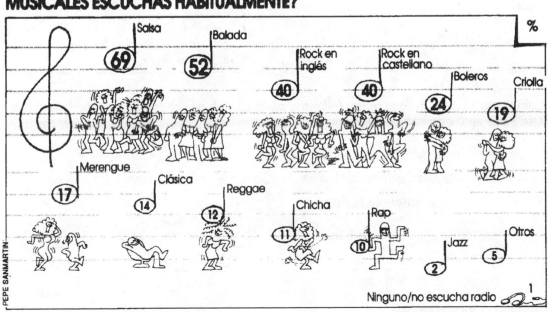

¿DE LA SIGUIENTE RELACION, QUE GENEROS MUSICALES ESCUCHAS HABITUALMENTE?

1. muchos de mis amigos / salsa / porque...

   ~~Los~~ Muchos de mis amigos les gusta la salsa porque aman bailar.

2. yo / rock (en inglés y en castellano)/ porque...

   Me gusta rock en inglés porque ~~soy~~ muy atractivo y activo.

3. mis padres / merengue / porque...

   Mis padres les gusta el merengue porque es un baile exótica.

4. tío José / música clásica / porque...

   El tío José le gusta la música clásica porque es muy calma.

5. tía Carmen / boleros y baladas / porque...

   Mi tía Carmen le gustan los boleros y baladas porque

6. mi hermano menor y sus amigos / la música reggae / porque...

   A mi hermano menor y sus amigos les encanta la música reggae porque es muy rapido.

7. mi profesora de piano / jazz y música clásica / porque...

   ~~A~~ Mi profesora de piano le gusta jazz y música clásica porque era muy popular cuando era joven.

8. mi mejor amiga y yo / rock y salsa / porque...

   A mi mejor amigo y yo nos encanta rock y salso porque es maravilloso.

CE7-2 Completar ideas... *Complete the following phrases with a verb from row A and a subject from row B. Use each verb and subject only once.*

A. gustar, interesar, faltar, quedar bien, importar, encantar

B. las verduras, esa chaqueta, azúcar, los frijoles, la ópera, mis notas, ese suéter, los boleros, sal

Modelo   A Jorge **le interesa la ópera**.   los frijoles.

1. No haremos postre porque ___ no gustan ~~las verduras~~.

2. A Raquel no ___ le queda bien esa chaqueta.

3. A mis padres _les interestan ~~en~~ la opera._ .

4. Soy vegetariano ~~cuando~~ ~~me~~ _porque me importan las verduras._

5. No _queda bien ese suéter_ . No la compres, Ana.

Affirmatives and Negatives

CE7-3 Preguntas y respuestas breves. *Answer the questions, following the models.*

Modelos
    a. ¿Siempre vienes a estas horas?
        No, **nunca vengo a estas horas** .

    b. ¿No quieren (ustedes) hacer nada?
        Sí, **queremos hacer algo** .

1. ¿Alguien tiene hambre?

    No, _Nadie tiene hambre._ .

2. ¿No cocinas nunca?

    Sí, ~~cocinas~~ _cocino siempre._ (cocino) .

3. ¿Quieren ir con algún amigo?

    No, _no quieren ir con ningún amigo._ .

4. ¿Alguna vez trató de hablar de esos problemas con alguien?

    No, _~~z~~ ningún trató de hablar de los con nadie._ .

5. ¿No piensa llevar ni el paraguas ni el impermeable?

    Sí, _piensa llevar o el paraguas o el impermeable_

6. ¿Quieres hacer algo el viernes?

    No, _no quiero hacer nada el viernes._ .

CE7-4 ¿Realidad o rumor...? *A friend is trying to find out if what he has heard about you and some friends is true. Answer his questions in the negative.*

Modelo
    —Entre tus amigos hay alguien que sabe bailar el tango, ¿no?
    —No, entre ellos **no hay nadie que sepa bailar el tango** .

1. —Tú conoces a un músico que compone sus propias canciones, ¿verdad?

    —No, _no conozco nada._

2. —En tu barrio hay un conjunto de jazz que toca toda la noche, ¿no?

    —No, en mi barrio _no hay ~~nada~~ nadie que juegue toda la noche_

3. —Tienes varias amigas que quieren ser bailarinas, ¿no?

—No, ~~no~~ tengo ningunas amigas que quieren ser bailarina.

4. —Estudias con alguien que está enamorado de tu mejor amiga, ¿verdad?

—No, no estudio con nadie que este enamorado de tu mejor amiga.

5. —Cuando tú y tus amigos van al centro, siempre ven algo que quieren comprar, ¿no?

—No, cuando nosotros vamos al centro, ven nada nunca que quieren comprar

6. —Tu hermano aún sale con esa chica que escribe cuentos para niños, ¿verdad?

—No, ? nadie sale con esa chica.

CE7-5 De compras vía Internet. *A friend of yours is traveling soon and doesn't have time to go shopping. She asked for your help in searching online for some of the clothing she needs. The illustration on p. 77 depicts what you saw on your screen. Look at what you found and reply to your friend's questions using affirmative or negative words whenever possible. Give extended answers, describing the items as best you can.*

Modelo —¿Encontraste algunas faldas largas?
—**No, no encontré ninguna falda larga, pero vi una falda corta de algodón estampada** (*cotton print*). **Creo que te va a encantar ¡y también te va a quedar muy bien!** (**Lo puedes ver en www.anthropologie.com pero cuesta $ 98...**)

1. —¿Viste algún vestido elegante?

— No, no visto nadie pero vi una vestido diferente. Creo que es muy bien y quedar muy bien, tambien.

2. —¿Encontraste blusas o tops de algodón?

—

3. —¿Viste zapatos cómodos?

—

4. —¿Encontraste algunas chaquetas de verano?

—

5. ¿Viste algunos pantalones blancos?

— _____

_____

_____

6. —¿Encontraste algunos accesorios (cinturones, bolsos, sombreros, etc.) bonitos y relativamente
baratos...?

— _____

_____

_____

The Subjunctive in Descriptions of the Unknown or Indefinite

CE7-6 La novia ideal. *Complete the following dialogue between Jorge and Pablo with the correct form of the verbs in parentheses.*

Modelo
JORGE: ¿Tienes novia, Pablo?
PABLO: No, no hay nadie que me **quiera** (querer).

JORGE: ¡Qué tontería! *(What nonsense!)* Conozco a alguien que 1. _esta_ (estar) enamorada de ti.

PABLO: ¿Hablas de Marisa, la muchacha que 2. _tiene_ (tener) diez años más que yo?

JORGE: ¡Qué importa la edad! Marisa es una persona que tiene muy buen gusto y que

3. _sabe_ (saber) disfrutar de la vida. Además, ella

4. _puede_ (poder) cocinar los platos más exóticos. ¿Qué más quieres?

PABLO: Mi ideal de mujer es muy diferente. Necesito una muchacha que

5. _sea_ (ser) comprensiva y que 6. _sepa_ (saber)

algo de literatura, de música... Busco a alguien que 7. _piense_ (pensar) y

8. _sienta_ (sentir) como yo.

JORGE: ¡No existe nadie que 9. _tenga_ (tener) tus ideas, amigo! ¡Eres un romántico!

CE7-7 No, no y no... *Answer the questions in the negative, using the cues provided. Delete the personal* **a** *if it is not needed.*

Modelo   ¿Quieres el vestido que cuesta $200,00? (menos)
No, quiero un vestido que cueste menos.

1. ¿Prefieren ustedes la ensalada que tiene verduras y frutas?
   (sólo verduras)

   No, prefiero una ensalada que tenga sólo verduras.

2. ¿Necesita José al secretario que sabe francés y alemán?
   (italiano y español)

   No, necesita un secretario que sepa italiano y español.

3. ¿Busca usted la blusa que va con esa falda?
   (estos pantalones)

   _____

4. ¿Prefieres tú el abrigo que tiene cuatro bolsillos (pockets)?
   (dos bolsillos)

   No, Prefiero que tenga dos bolsillos.

5. ¿Desean ustedes ir al restaurante donde siempre hay mucha gente?
   (poca gente)

   No, deseo ir un restaurante donde siempre hay poco gente.

The Subjunctive with Certain Adverbial Conjunctions

CE7-8 Combine las frases. *Combine the sentences, using the cues in parentheses.*

Modelo   No quiero dormir. Tú y yo bailamos un bolero antes.
                (a menos que)
                No quiero dormir a menos que tú y yo bailemos un bolero antes.

1. Alberto te prepara platos especiales. Tú estás loca por él.
   (para que)

   Alberto te preparar especiales a menos que estes loca por él.

2. Puede llevar mi guitarra. Usted tiene ganas de tocar en la fiesta.
   (en caso de que)

   Puede llevar mi guitarra en caso de que tenga ganas de tocar en la fiesta

3. Vas a ir a jugar con tu amiga Susanita. Primero pruebas la sopa.
   (con tal que)

   Vas a ir a jugar tu amiga Susanita con tal que primero pruebes la sopa.

4. Elena no piensa salir con Roberto. Yo voy con ellos.
   (a menos que)

   Elena no prensa salir con Roberto a menos que vaya con ellos.

5. Generalmente no vamos al cine. Papá y mamá vienen con nosotros.
   (sin que)

   Generalmente no vamos al cine sin que papá y mamá vienan con nosotros.

CE7-9 Minidiálogos. *Complete the minidialogues using appropriate words from the list and the correct form of the verbs in parentheses. Use each word or phrase only once.*

cuando   en cuanto   después de que   hasta que   tan pronto como

Modelo   —¿Por qué no comes?
                    —Porque pienso comer **cuando venga** (venir) Juan.

1. —¿Vas a comprar ese chaleco que te probaste ayer?

    —Sí, me queda muy bien. Lo pienso comprar ___cuando tenga___ (tener) el dinero.

2. —¿Ponemos un poco de música?

    —Buena idea, pero esperemos ___tan pronto como___ se acueste (acostarse) los niños.

3. —¿Ya llamaste a Rosa?

    —Sí, la llamé anoche ___en cuanto te acueste___ (tú) (acostarse)

4. —Mira esos pantalones. Son muy elegantes. Pruébatelos.

    —Tienes razón. Me los pruebo ___después de que termine___ (terminar) de probarme esta falda.

5. —¿Quieres salir a cenar?

    —No, gracias, ya cené. Es que tenía tanta hambre ___hasta que llegue___ (llegar) del trabajo que comí todo lo que encontré en el refrigerador.

CE7-10 Frases y más frases... *Create six sentences by combining elements from each of the three columns. Conjugate the verbs given in infinitives when necessary.*

Modelos   a.   **Usted comió después que ella llamó.**
                b.   **Voy a estar en casa hasta que ellos duerman.**

Usted comió	aunque	tener hambre
Siempre llegamos	para que	ella llamar
Saliste	después que	ellos dormir
Voy a estar en casa	cuando	usted venir
Aquí está el dinero	antes que	José pagar la cuenta
Él no va a comer nada	hasta que	tú comprar los dulces

1. _____

2. _____

3. _____

4. _____

5. _____

6. _____

Vocabulario

CE7-11 ¿Fruta, verdura o...? *Match each of the items in Columns A and B with the appropriate classification in Column C.*

A		B		C	
1. _____	la papa	7. _____	los camarones	a.	las frutas
2. _____	el pollo	8. _____	el limón	b.	las verduras
3. _____	el tomate	9. _____	el vino	c.	las bebidas
4. _____	la naranja	10. _____	la lechuga	d.	las carnes
5. _____	las almejas	11. _____	el jamón	e.	los mariscos
6. _____	la cebolla	12. _____	el jugo		

CE7-12 Confesiones de un camarero. *Complete the following paragraph with an appropriate word from the last two **Vocabulario útil** sections of this chapter. (Each word should be used only once.)*

Cuando uno trabaja como camarero, es fácil formarse una idea un poco negativa de la naturaleza humana,

y por eso hace mucho que yo tengo (1) _____ de cambiar de profesión. Muchas veces

los clientes me tratan mal y entonces para mí es muy difícil ser cortés con ellos. Hay gente que tiene

mucha (2) _____ y quiere comer en seguida. Sin embargo, pide una comida complicada

y luego se queja de que el plato (3) _____ está frío o picante ¡o muy

(4) _____! Hay otras personas que tienen mucha (5) _____ pero en

vez de tomar agua, piden bebidas alcohólicas y terminan borrachos. Con estos clientes es necesario tener

(6) _____ porque a los borrachos les puede molestar cualquier cosa. Además, no hay

muchos turistas que quieran (7) _____ los platos típicos de nuestro país; algunos me

gritan cuando les digo que no servimos «perros calientes». También hay personas deshonestas que

(8) _____ de robar una cucharita *(small spoon)* o un tenedor *(fork)*. Cuando las veo, me

dicen que ésa es una forma de conseguir un pequeño (9) _____ porque nuestros

precios son muy altos, y yo simplemente me río. ¿Por qué? Porque el cliente puede ser insolente, descortés

o deshonesto, pero para un camarero, **¡el cliente siempre tiene razón!**

CE7-13 Temas alternativos. *Choose one of the following topics and write a paragraph about it.*

A. Una canción para el recuerdo (olvido)... *Describe a song that you really like or dislike. Tell why you like (dislike) it so much, and explain when you heard it for the first time, how old you were, where you were, with whom, and so on.*

B. Un plato que me gusta mucho. *Describe a dish that you like very much and tell when you had it or tasted it for the first time. Include a list of the ingredients and explain how to prepare it. You may need to consult a dictionary.*

_____

_____

_____

_____

_____

_____

_____

_____

_____

_____

_____

_____

_____

_____

_____

_____

CAPÍTULO **8** # Dimensiones culturales

The Reflexive (2)

CE8-1 Un día inolvidable. *Complete the story with the appropriate forms of the verbs in parentheses to find out why Pedro will never forget the day he married Isabel.*

Yo _____ (levantarse) a las 7:30. Papá y mamá _____ (despertarse)

un poco después, pero los tres _____ (desayunarse) juntos a eso de las 8:00. En cinco

minutos papá terminó su jugo de naranja, sus huevos fritos y su café. «Apúrate *(Hurry up)* porque es tarde»,

le dijo a mamá, y (él) _____ (levantarse) y _____ (ir) al baño

(bathroom). Mamá miró el reloj y cuando _____ (darse cuenta) de la hora, corrió a su

cuarto. Los dos _____ (vestirse) más rápido que nunca, me _____

(decir) «Hasta prontito» y _____ (ir) al trabajo..., ¿al trabajo?... «Pero si hoy es sábado...»,

pensé. Me sorprendió verlos tan apurados *(in such a hurry)* y (yo) _____ (preguntarse)

qué pasaba... Tomé dos aspirinas porque tenía un dolor de cabeza *(headache)* terrible. No eran las 10:00

cuando vi que mis padres ¡y mis suegros *(parents-in-law)*! entraban en la casa...

—Supimos que anoche tú _____ (divertirse) mucho, me dijo mi suegro.

—¿Qué? ¿anoche? ¿dónde?..., _____ (quejarse) yo.

—¡Anoche (tú) _____ (reunirse) con tus amigos para celebrar tu último día de

soltero!, dijo mamá.

—¡Qué!, ¿qué día es hoy?, pregunté.

—¡Domingo, Pedro! ¿O es que tú _____ (olvidarse) de que hoy te casas con Isabel?,

comentó mi suegra.

—Pensé que era sábado, dije y _____ (ponerse) rojo. En ese momento llamó Isabel.

«No _____ (dormir) anoche pensando en nuestro día», le dije. Como era obvio que no

decía la verdad, todos me miraron y _____ (reírse). De repente (*suddenly*) yo

_____ (sentirse) horrible. Mis padres y mis suegros _____ (darse

cuenta) que yo estaba incómodo y _____ (callarse). «No te preocupes, mi hijo», me dijo mamá. Y agregó

(*she added*): «A veces es lindo poder acordarse de alguna mentira (*lie*) inocente». Tenía razón, siempre que

recuerdo aquel día, _____ (reírse) sin darme cuenta...

CE8-2 La importancia de un pronombre... *Complete the sentences below by adding the appropriate reflexive pronouns when needed. Follow the models.*

Modelos   a. Nosotros **nos** reunimos aquí todos los fines de semana.
            b. Ayer mi jefe _____ despidió a su secretario.

1. Estoy enfermo y por eso _____ quedé en casa hoy.

2. En general, ¿a qué hora _____ despiertan ustedes a los niños?

3. La semana pasada _____ encontré diez dólares en la calle.

4. La mayoría de mis primos _____ hicieron médicos o dentistas.

5. ¿Cuándo _____ llamó Rosa?

6. Se levantó y _____ vistió a su hija en menos de diez minutos.

7. Alguien _____ preguntó por usted esta mañana.

8. Estoy segura que tú _____ vas a poner rojo cuando ella te bese.

9. ¿Por qué _____ irían ellos sin despedirse?

10. Nosotros _____ enojamos con Carolina.

CE8-3 Historia de una vida. *Look at the drawings and write a paragraph about the life of José Rodríguez using as many reflexive constructions as possible. Possible reflexive verbs to choose from:* **casarse, enamorarse, enfermarse, graduarse, hacerse, llamarse, morirse, ponerse, preguntarse, preocuparse, quejarse, reunirse.**

_____

_____

_____

_____

_____

_____

_____

_____

_____

_____

_____

_____

The Reflexive with Commands

CE8-4 Órdenes varias... *Change the infinitive phrases given below into affirmative or negative* **usted,** **ustedes, tú,** *or* **nosotros** *commands, as suggested by the cues. Follow the models.*

Modelos
    a. no ponerse nervioso / usted   **No se ponga nervioso.**
    b. reunirse aquí / ustedes   **Reúnanse aquí.**
    c. no irse / tú   **No te vayas.**
    d. vestirse / nosotros   **Vistámonos.**

1. no preocuparse por eso / usted _No se preocupe por eso_.
2. acordarse de mí / usted _Acuerdese de mí._
3. no despedirse todavía / usted _No se despeda todavía._
4. levantarse temprano / ustedes _Levantense temprano._
5. no enojarse / ustedes _No se enojen._
6. no quejarse de la comida / tú _No te quejes de la comida._
7. callarse, por favor / tú _Cállate, por favor._
8. dormirse / tú _Duermate._
9. quedarse unos minutos más / nosotros _Quedémonos unos minutos más._
10. no equivocarse / nosotros _No nos equivoquémosos_.

CE8-5 Órdenes para hoy. *Make negative commands, following the model.*

Modelo
    Generalmente nos acostamos temprano. (ustedes)
    ¡No se acuesten temprano hoy!

1. Siempre nos reunimos en el parque. (nosotros)
    ¡No nos reunamos el parque!

2. Generalmente me visto de azul. (usted)
    ¡No se vista de azul!

3. Siempre nos equivocamos. (ustedes)
    ¡No se equivoquen!

4. Generalmente me quedo en casa. (usted)
    ¡No se queda! en casa

5. Siempre me pongo los zapatos viejos. (tú)
    ¡No te pongas los zapatos viejos!

AFF
⤷ DONTE

The Reciprocal Reflexive

CE8-6 ¿Por qué? *Ana and Juan, a very happy couple, and their friend Luis, who is visiting from Spain, are discussing some friends of theirs, who are now divorced. Complete the sentences, following the models, to find out why one couple is happy and the other is separated.*

Modelos   a.   (respetarse) ANA: Ellos no __se respetaban__ y nosotros __nos respetamos__.

           b.   (entenderse) LUIS: Ellos no __se entendían__ y vosotros __os entendéis__.

soportarse → to barely help

1. (quererse)   ANA: Ellos no __se querían__ y nosotros __queríamonos__, ¿no?

2. (besarse)   LUIS: Ellos no __se besaban__ en público y vosotros __os besáis__ → *os besabais* en cualquier parte.

y uno a otro one another

3. (hablarse)   ANA: Ellos no __se hablaban__ mucho y [nosotros] __nos hablabamonos__ constantemente.

4. (conocerse)   JUAN: Ellos no __se conocían__ como [nosotros] __no conocemos__.

5. (ayudarse)   LUIS: Ellos no __se ayudaban__ y vosotros __os ayudáis__ → *os ayudabais* todo el tiempo.

6. (comprenderse)   ANA: Ellos no __se comprendían__ como nosotros __nos comprendíamos__

7. (insultarse)   JUAN: Ellos __se insultaban__ pero nosotros no __nos insultamos__ nunca.

8. (necesitarse)   LUIS: Ellos no __se necesitaban__ pero vosotros __os necesitabais__ el uno al otro.

The Impersonal *Se*

CE8-7 Minidiálogos impersonales. *Answer the following questions using the impersonal* **se.**

Modelos   a.   —¿Creen que el presidente está en Caracas? *Venezuela*
              —Sí, __se cree que el presidente está en Caracas__.

           b.   —¿No saben si eso es verdad?
              —No, __no se sabe si eso es verdad__.

1. —¿Hablan de Estados Unidos en esos países?

   —Sí, *se habla EE* _____.

2. —¿No permiten ver televisión después de medianoche?

   —No, *no se permite* _____.

3. —¿Trabajan mucho en esta clase?

   —Sí, *se trabaja* _____.

4. —¿Comen bien aquí?

   —Sí, *se come* _____.

5. —¿No pueden ir allí sin corbata?

   —No, *no se puede* _____.

6. —¿Dicen que el director está loco?

   —Sí, *se dice* _____.

The *Se* for Passive

CE8-8 ¿Un país ideal...? *Using the **se** form, create sentences from the infinitive phrases given and see whether Tierradenadie might be your ideal kind of place. Follow the models.*

Modelos   En Tierradenadie...   a. hablar diez lenguas   **Se hablan diez lenguas.**
               b. no comer carne   **No se come carne.**

1. producir muchos vegetales

   Se producen _____

2. necesitar estudiantes y profesores de español

   se necesitan _____

3. no oír música clásica

   No se oye _____

4. no tomar agua sino Coca-Cola

   No se toma _____

5. ver videos todo el día

   se ven _____

6. no practicar ninguna religión

   No se practica _____

7. buscar presidente(a) joven y dinámico(a)

   se busca _____

8. no leer *The New York Times*

no se lee

9. encontrar las frutas más deliciosas

se encuentran

10. no pagar matrícula porque... ¡la universidad es gratis!

no se paga

CE8-9 ¡Qué mala suerte! *The Benítez family is having a day of accidents and bad luck. Tell what happened to them, using the **se** form to emphasize the accidental nature of the problem.*

Modelo   Mi hermano y yo rompimos el televisor.
Se nos rompió el televisor.

1. Tú perdiste las llaves del auto.

Se te perdió

2. Marisa rompió los platos.

Se rompieron

3. Papá y mamá olvidaron el cumpleaños de la abuela.

Se olvidaron

4. Terminamos el vino.

Se nos terminamos

5. Jorge perdió la carta de su novia.

se perdrio

Vocabulario

CE8-10 La colonización española. *Read the following sentences and circle the appropriate verbs to complete the comments on the Spanish colonization of the New World.*

1. En el siglo XVI, los españoles (**realizaron** / se dieron cuenta de) descubrimientos geográficos que cambiaron por completo las ideas que la gente tenía de la tierra y sus habitantes.

2. Muchos españoles se (**hicieron** / pusieron) soldados y exploradores.

3. Entre ellos estaba Hernán Cortés, un hombre relativamente culto *(cultured)* que (despidió a / **se despidió de**) sus amigos y familiares y partió para el Nuevo Mundo.

4. En México él (**se encontró** / se reunió) con una gran sorpresa: Tenochtitlán, la capital de los aztecas, era una ciudad impresionante.

5. Al principio los indios se (hicieron / **pusieron**) contentos porque creían que esos hombres montados a caballo eran dioses.

6. Luego (realizaron / **se dieron cuenta de**) que los españoles eran hombres —no dioses— y que tenían todos los defectos humanos.

7. Cortés y sus compañeros se (**hicieron** / pusieron) muy ricos, pero muchos de ellos sufrieron una muerte prematura y violenta.

8. Siglos más tarde, la gente (realizó / **se dio cuenta de**) que el arma más importante de la conquista había sido el microbio porque el sarampión *(measles)* y el resfriado *(common cold)* mataron a miles de indios.

CE8-11 Crucigrama

Horizontales

2. sinónimo de **escoger**
6. forma reflexiva de **ir**
7. grano (*grain*) de color amarillo, asociado con los mayas
8. sinónimo de **lugar**
9. alguien que comete un crimen (*crime*) es un _____
12. se la usa en la comida, como la pimienta
13. presente de **callar**
15. adjetivo posesivo plural
18. preposición
19. plural de **tribunal** (*court*)
22. artículo definido singular
23. en inglés se dice *to fall*
26. Calígula no era griego; era _____
27. grupo humano con ciertas características físicas y culturales propias
29. en inglés se dice *to worry*

Verticales

1. indígena americano, miembro de una civilización ya en ruinas cuando llegaron los españoles
3. artículo definido, femenino plural
4. animal felino, enemigo del perro
5. plural de **río**
6. indígena americano, miembro de la civilización que se desarrolló en el Perú antes de la conquista
10. cognado de *mulatto*
11. mandato afirmativo de **decir**
14. en inglés se dice *to bore*
15. plural de **mesa**
16. verbo relacionado con el sustantivo **baile**
17. en inglés se dice *gypsy*
18. contracción **de** + **el**
20. _____ con pollo es una comida típica hispana
21. alguien que defiende a un acusado (*accused person*) es un _____
24. bebida, como el té: _____ con leche
25. en inglés se dice *command*
28. café con leche, con _____ y mantequilla, es un desayuno hispano típico

Repaso

CE8-12 Frases equivalentes. *Rewrite the following sentences using a construction with* **se.** *Follow the models.*

Modelos
a. Marta rompió un plato.   **Se le rompió un plato (a Marta).**
b. Dicen que allí no hay niños.   **Se dice que allí no hay niños.**
c. Liz mira a Leo y Leo mira a Liz.   **Liz y Leo se miran.**

1. Creen que los mayas inventaron el concepto del cero.

   _____

2. Tú perdiste las llaves del auto.

   _____

3. Hacen guitarras muy buenas en España.

   _____

4. Pedro quiere a Marta y Marta quiere a Pedro.

   _____

5. En Perú bailan la criolla y la chicha.

   _____

6. Producen mucho café en Colombia y en Brasil.

   _____

7. Mario necesita a María y María necesita a Mario.

   _____

8. ¡Ustedes olvidaron el día de mi santo!

   _____

CE8-13 Receta para preparar sangría. *Form sentences following the model; then follow the recipe for a delicious sangría for fifteen to twenty people.*

Modelo
empezar / la preparación unas seis horas antes de la fiesta
Se empieza la preparación unas seis horas antes de la fiesta.

1. lavar / todas las frutas (dos manzanas, dos naranjas, un limón)

   _____

2. cortar / las frutas en pedazos *(pieces)* pequeños

   _____

3. poner / toda la fruta cortada en un recipiente *(container)* grande

   _____

4. agregar *(add)* / dos litros de vino tinto, dos litros de *Seven-Up* y un litro de jugo de naranja

_____

5. revolver *(stir)* / todo con una cuchara grande

_____

6. poner / la bebida en el refrigerador o agregar hielo *(ice)* en el recipiente

_____

7. servir / esta sangría deliciosa a todos los presentes

_____

CE8-14 ¿Verdadero o falso? *For each of the following statements, circle V (**verdadero**) if the statement is true and F (**falso**) if it is false.*

Modelo   En el mundo hispano hay una gran variedad de razas y culturas. (V F)

1. La papa es una contribución árabe a la cultura hispánica. (V F)

2. Muchos alimentos, como el maíz y la papa, vinieron de África. (V F)

3. Los españoles trajeron el tomate y el tabaco a América. (V F)

4. En América Central los españoles se encontraron con tres civilizaciones indígenas: la maya, la azteca y la inca. (V F)

5. Los incas sabían mucho de medicina. Incluso hacían operaciones delicadas. (V F)

CE8-15 Temas alternativos. *Choose one of the following topics and write a paragraph about it.*

A. Un día en mi vida. *Describe what you did yesterday, from the moment you woke up in the morning until you went to bed at night. Use at least six different verbs from the following list:*

acostarse	despertarse	lavarse	reunirse
desayunar(se)	dormir	levantarse	saludar
despedirse	ir(se)	ponerse	vestirse

B. «Tierraperfecta», un país ideal. *Describe the ideal country, using at least eight constructions with **se**. What would it be like in Tierraperfecta?*

Modelo   **En Tierraperfecta no se dan exámenes...**

_____

_____

_____

CAPÍTULO **9**

Un planeta para todos

The Imperfect Subjunctive

CE9-1 La Reserva de la Biosfera del Manu. *Claudia is telling a friend about a recent trip. Complete their conversation with the appropriate past forms (subjunctive or indicative) of the verbs in parentheses.*

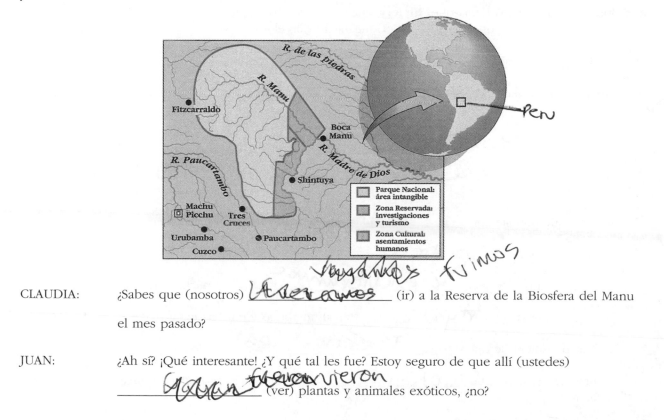

CLAUDIA: ¿Sabes que (nosotros) ~~vengamos~~ fuimos _____ (ir) a la Reserva de la Biosfera del Manu

el mes pasado?

JUAN: ¿Ah sí? ¡Qué interesante! ¿Y qué tal les fue? Estoy seguro de que allí (ustedes)

_____ vieron (ver) plantas y animales exóticos, ¿no?

CLAUDIA: Sí, tuvimos un guía con mucha experiencia. Sólo que era muy estricto. Insistió en que

(nosotros) **nos quedáramos** (quedarse) en los senderos. No quería que

habláramos (hablar) en voz alta. Y cuando íbamos en canoa, prohibió que

los niños **pusieran** (poner) las manos o los pies en el agua. Yo pensaba

que eso no ~~tuviera sería~~ (tener) sentido hasta que nos   *tener sentido*
to make sense

~~explicáramos~~ **explicó** (explicar) que había pirañas en el agua.

JUAN: ¿Pirañas? ¡Huy! ¡Dios mío! Me imagino que los niños ~~seguían~~ (seguir) sus

siguieron

consejos... ¿Vieron algún caimán?

CLAUDIA: Sí, ¡dos!, y vimos un jaguar y muchas especies de pájaros y mariposas.

JUAN: ¿Y qué tal el tiempo?

CLAUDIA: Muy bueno. Nos alegramos mucho de que no ~~Moviéramos~~ **lloviera** (llover); en eso

tuvimos mucha suerte.

JUAN: No dudo que lo ~~pasaría~~ **pasaste** (pasar) muy bien. ¡Cómo me gustaría ir allí a mí

también! Algún día, quizás...

CE9-2 ¡Por favor, mamá! *At camp, Alicia is telling her friend Luisa why her mother did not want her to go camping. Complete the sentences with the imperfect subjunctive or indicative of the verbs in parentheses to find out the arguments Alicia had to confront.*

Modelos   a. Mamá temía que **hiciera** (hacer) mucho frío aquí.
              b. Sabía que **había** (haber) muchachos en el grupo.

1. Quería que mis hermanos **vinieran** ~~mas~~ (venir) conmigo.

2. Esperaba que ustedes no **quisieran** (querer) acampar *(to camp)* en un lugar tan alto de la montaña.

3. Dudaba que yo ~~me~~ **cuidara** (cuidarse).

4. Tenía miedo de que yo ~~me~~ **cayera** (caerse) o **tuviera** (tener) un accidente.

5. Pensaba que uno siempre se ~~lastimaba~~ *lastima* (lastimarse) en las montañas.

6. Creía que algo malo ~~pudiera~~ *podía* (poder) pasarnos.

7. No le gustaba que tú y yo ~~te~~ **estuviéramos** (estar) aquí con muchachos que ella no conoce.

8. Insistió en que yo ~~trajera~~ *trajera* (traer) un abrigo y muchas medicinas.

9. Ella estaba segura de que (yo) ~~iría~~ — *iban* (ir) a necesitarlos.

10. Finalmente me pidió que **volviera** (volver) lo antes posible. ¿Te imaginas? ¡Pero así es mamá...!

CE9-3 Del presente al pasado. *Change the following sentences to the past, following the models. Use the imperfect subjunctive or indicative, as appropriate.*

Modelos   a. Tengo un amigo que sabe mucho de ecología.
   Tenía un amigo que sabía mucho de ecología.

   b. No hay nadie aquí que sepa mucho de ecología.
   No había nadie aquí que supiera mucho de ecología.

1. Conocemos a alguien que sólo compra envases retornables.

   Conocíamos a alguien que sólo ~~compraba~~ compraba envases retornables.

2. Hay gente que nunca piensa en el futuro.

   Había gente que nunca ~~pensara~~ pensaba en el futuro.

3. ¿Necesitas algo que te calme los nervios?

   ¿Necesitabas algo que te calmaras los nervios?

4. Buscan al guía que trabaja en «Ecoturismo tropical».

   ~~Busquen~~ Buscaban al guía que trabajara en " "

5. ¿Quieres un suéter en caso de que haga fresco?

   ¿Querías un suéter en caso de que hiciera fresco?

6. No conozco a nadie que se cuide tanto como ella.

   No conocía a nadie que se cuidara tanto como ella

CE9-4 Superverde. *According to the advertisements, the new all-organic miracle plant food Superverde will do wonders for any garden. Write six sentences about Don Ingenuo, who bought some for his fruits, vegetables, and flowers. Use your imagination and the following expressions:*

Compró Superverde porque...   Temía que Superverde...
Por fin decidió que Superverde...   Usó Superverde hasta que...
Se alegraba de que Superverde...

_____

_____

_____

_____

_____

_____

_____

If Clauses (1)

CE9-5 Consejos de un hijo fanático. *Roberto is majoring in environmental science in college; when he comes home for the holidays he gives his family a lot of advice. To find out what he says, form sentences with if clauses, following the model.*

Modelo   manejar menos / no contaminar tanto el aire
     Si manejaran menos, no contaminarían tanto el aire.

1. usar más transporte público / proteger el medio ambiente

   Si ~~vida~~ usaran más transporte, protegerían el medio...

2. hacer *car pools* / no gastar tanto en gasolina

   Si hicieran car pools, no gastarían tanto...

3. caminar más / sentirse mucho mejor

   Si caminaran más, se ~~sienten~~ sentirían mucho mejor...

4. reciclar los periódicos / no colaborar en la destrucción de tantos árboles

   Si reciclaran los periódicos, no colaborarán en la destrucción de...

5. no prender *(turn on)* el aire acondicionado / conservar energía

   Si No prenderan el aire, conservarían energía.

6. apagar las luces al salir de una habitación / ahorrar dinero

   Si apagaran las luces al salir ...... ahorrarían dinero.

7. tener una huerta / comer frutas y verduras frescas

   Si tuvieran una huerta, comerían frutas y verduras frescas.

8. comer más frutas y verduras / probablemente vivir más

   Si comeran más frutas y verduras, probablemente vivirían más.

9. plantar árboles en el patio / tener sombra *(shade)* en el verano

   Si plantaran arboles en el patio, tendrían sombra en el verano.

10. y / seguir mis consejos / ¡ayudar a mejorar la salud de nuestro planeta!

    Y si seguirán más consejos, ¿

CE9-6 Ideas sueltas... *Complete the sentences with the correct forms of the verbs in parentheses.*

Modelos   a.   Mis primos hablan como si **fueran** (ser) ecólogos profesionales.
              b.   Iré al centro de reciclaje si **tengo** (tener) tiempo.

1.   Yo te acompañaría con gusto si (tú) _____ (querer) ir allí a reciclar tus periódicos.

2.   Si nuestros amigos lo desearan, ___podrían___ (poder) mejorar el ambiente.

3.   Si Luisa ___fuera___ (ir) al mercado, estoy seguro de que ella compraría sólo envases retornables.

4.   ¿Siempre caminas al trabajo si ___hace___ (hacer) buen tiempo?

5.   Mis compañeros de cuarto usan papel como si ___tuvieran___ (tener) una fábrica de papel.

6.   José Luis tomó dos litros de agua, ¡como si ___acabara___ (acabar) de cruzar el desierto del Sahara!

7.   ¿Vivirían tus padres en esta ciudad si el aire no ___estuviera___ (estar) tan contaminado?

Adverbs

CE9-7 Entrevista con una estudiante de intercambio. *Ana María is an exchange student from Uruguay. Her friend Susie has a lot of questions to ask her about South America. Complete the interview with adverbs formed from the adjectives in parentheses.*

Modelo   —¿Te gusta California?
             —¡Me encanta! Aquí **sinceramente** (sincero) me siento muy feliz.

1.   —¿Qué haces durante tus vacaciones?

      —_____ (general) voy a la playa en el verano y al campo en el invierno.

2.   —¿Tienen vacaciones en el invierno?

      —Sí, pero son _____ (relativo) cortas: _____ (sólo) dos o tres semanas en julio.

3.   —¿Frío en julio?

      —¡Claro! Cuando aquí hace frío, allí hace calor y viceversa. Es _____ (exacto) al revés que en este país.

4.   —¿Entiendes todo lo que decimos?

      —No siempre. ¡Ustedes hablan muy _____ (rápido)!

5.   —¡Ustedes también! ¿Quieres que te hable más _____ (lento)?

      —No, a ti te entiendo bien. Tú pronuncias todo _____ y _____ (preciso, cuidadoso).

6. —¿No tienes problemas con tu hermana «yanqui»?

—¡En absoluto! Nos entendemos _____ (perfecto).

7. —¿Sabe español ella?

—Sí, y lo habla _____ y _____ (claro, correcto).

CE9-8 Complete los párrafos. *Complete the paragraphs with the correct forms of the words in parentheses.*

Modelo (mucho) Te aconsejo que lleves __mucha__ ropa de invierno porque en este momento allí hace __mucho__ frío. Sabes que __muchas__ veces se cierran las escuelas porque nieva __mucho__.

1. (bastante) No se preocupen por nosotros. Tenemos ___bastante___ dinero para el viaje y llevamos ___bastantes___ cosas para regalar a los amigos. Pensamos descansar ___bastante___, sacar ___bastantes___ fotos y también dormir ___bastante___.

2. (demasiado) El verano pasado Catalina no fue al campo conmigo. Los muchachos tenían ___demasiados___ problemas y dependían ___demasiado___ de ella. Como este año ella no tiene ___demasiadas___ responsabilidades, va a ir a las montañas primero y a visitar a sus padres en el campo después. Necesita un buen descanso. Trabajó ___demasiado___ y realmente está ___demasiada___ cansada.

3. (poco) Allí hay ___pocos___ servicios de salud pública, ___poco___ ayuda económica y ___poco___ trabajo. En general los niños de familias pobres comen ___poca___ carne y toman ___poc___ leche. Es lógico entonces que también vivan ___poco___.

The Infinitive

CE9-9 Frases sinónimas. *Rewrite the sentences with al + infinitive or a + infinitive, as appropriate, following the models.*

Modelos a. <u>Cuando salí</u>, él entró.
Al salir, él entró.

b. ¡Estudia, hija mía!
¡A estudiar, hija mía!

1. <u>En cuanto llegó</u>, pidió las semillas y fue a plantarlas.

   Al legar, ...

2. Piensa viajar <u>tan pronto como acaben</u> las clases.

   Al acabar las clases, prensa viajar.

3. Soñé que alguien me decía: «<u>¡Cuide</u> su huerta, don José!»

   ~~Al cuidar~~ A cuidar

4. Se fue <u>cuando empezó</u> a llover.

   Al empezar a llover, se fue.

5. <u>¡Descansemos</u> en la playa!

   ¡A Descansar en la playa!

6. <u>Luego que bajé</u> del tren me di cuenta de la hora.

   _~~Al~~_

CE9-10 Un viaje de ecoturismo. *Combine the sentences using infinitives and the prepositions given in parentheses. Follow the model.*

Modelo   Varios turistas fueron al Parque Amacayacu. Vieron la flora y la fauna de allí. (para)
Varios turistas fueron al Parque Amacayacu para ver la flora y la fauna de allí.

1. Los turistas visitaron todo el parque. No hicieron mucho ruido. (sin)

   Los turistas visitaron todo el parque sin no hacer mucho ruido

2. Caminaron varios kilómetros. Se cansaron. (hasta)

   " hasta cansarse.

3. Descansaron media hora. Siguieron adelante. (antes de)

   antes de seguir adelante.

4. Estuvieron muy contentos. Vieron pájaros de colores brillantes. (de)

   " de ver pájaros de colores brilliantes

5. Al día siguiente una señora fue al mercado de Leticia. Compró algunos recuerdos. (para)

   para comprar algunos recuerdos.

6. Su esposo no la acompañó. Estuvo muy cansado. (por)

   " por estar muy cansado.

CE9-11 Más frases sinónimas. *Rewrite the following sentences using the infinitive construction, following the model.*

Modelo   Permitieron que ellos volvieran después de medianoche.
             Les permitieron volver después de medianoche.

1. ¿Prohíbes que yo hable del accidente con Pedrito?

_____

2. Mandaron que lleváramos las latas al centro de reciclaje.

_____

3. ¿Mandan que nosotros hagamos eso?

_____

4. No permito que ustedes desperdicien la comida.

_____

5. Prohibimos que nuestra hija tirara envases retornables en la basura.

_____

The Verb *Acabar*

CE9-12 Expresiones con acabar. *Substitute the verb **acabar** or an expression with **acabar** (**acabar bien, mal, acabar de** + infinitive) for the underlined words or phrases.*

Modelos   a. ¿A qué hora van a terminar eso?
                  ¿A qué hora van a acabar eso?
              b. Nuestro viaje tuvo un final maravilloso.
                  Nuestro viaje acabó bien.

1. ¡Hace un minuto que llegamos aquí!

   ¡Acabar de llegar aquí!

2. La película tuvo un final feliz.

   La película acabó feliz.

3. Hace mucho frío y no trajimos chaquetas. Creo que nuestras vacaciones van a tener un mal final.

   Hace ... va a acabar mal.

4. ¿Es verdad que hace muy poco volviste de Costa Rica?

   ¿Es verdad que acabar de volver de Costa Rica muy poco volviste

5. Tiene que ir a la huerta porque se le <u>terminaron</u> los tomates.

a acabar los tomatoes

6. ¿Hace sólo unos minutos que <u>llamaron</u> ustedes a Susana?

¿Acabar de llamaron ustedes a Susana?

Vocabulario

CE9-13 Antónimos. *Complete the sentences with the antonyms, or opposites, of the underlined words.*

Modelo   En invierno <u>me canso</u> más y __**descanso**__ menos.

1. ¿La contaminación del aire va a <u>empeorar</u> o a _____ _____?

2. ¿Te diviertes más en el <u>invierno</u> o en el _____ _____?

3. Ahora tengo <u>calor</u> pero hace un rato tenía _____ _____.

4. ¿Le <u>prohíbe</u> usted tomar alcohol pero le _____ fumar?

5. Ellos tienen <u>mucha</u> hambre pero _____ sed.

Repaso

CE9-14 La respuesta apropiada. *Choose the most appropriate or logical response.*

1. Creo que la explosión demográfica es un problema muy grave.

    a. Sí, hoy día el control de la natalidad es casi una necesidad.

    b. Bueno, los recursos humanos son muy problemáticos.

    c. De acuerdo. Estamos en peligro de extinción.

2. Quisiera ser ecologista profesional.

    a. Entonces tienes que tener una huerta y cultivar algunas verduras.

    b. Me imagino que vas a seguir cursos de estudios ambientales en la universidad, ¿no?

    c. ¿Ecologista? ¿Es que vas a hacer ecoturismo?

3. Siempre que sea posible, compro productos con envases retornables.

    a. Lógico, para tener muchas latas en casa.

    b. Buena idea. Pienso que hay que reciclar todo lo posible.

    c. Nosotros también compramos productos orgánicos.

4. La contaminación por el ruido es un gran problema en las ciudades.

   a.   Tienes razón. En las ciudades hay basura por todas partes.

   b.   Por eso no tomo agua a menos que sea embotellada.

   c.   Sí, por eso mucha gente de la ciudad sufre de problemas relacionados con el sueño.

5. Nos aconsejaron que no desperdiciáramos el agua porque ha llovido muy poco este año.

   a.   Es que los ríos están muy contaminados en esta zona.

   b.   Entonces, la calidad del agua empeoró, ¿no?

   c.   Lógico. Hay que decirles a los niños que no dejen correr el agua cuando no la están usando.

6. ¡Uf! ¡Qué contaminado está el aire hoy!

   a.   Será por la capa de ozono, que no nos deja respirar.

   b.   Sin embargo, ha mejorado la calidad del oxígeno, ¿no?

   c.   Entonces hoy los niños no deben salir a jugar afuera.

CE9-15 Temas alternativos. *Choose one of the following topics and write a paragraph about it.*

A. Una tarjeta postal. *Imagine that you are on vacation, enjoying a few days of* **ecoturismo** *somewhere in Central or South America (***Costa Rica, Perú, Ecuador, Venezuela**, *etc.). Write a postcard to your Spanish teacher, using the following format:*

(lugar y fecha)

Estimado(a) profesor(a):

1. *two or three sentences telling him/her where you are, how long you'll be there, what you have seen so far, and so on*

2. *two or three sentences describing a specific place you've visited that impressed you very much, and why*

3. *a brief comment about the country, the people, and their attitudes toward ecotourism and ecology in general*

[Include the following elements in your postcard: a sentence using **como si** *and another sentence with* **si** + *the imperfect subjunctive.]*

Cordialmente,
(your name and and last name)

B. Problemas ambientales graves. *Think of the three worst environmental problems which you feel are threatening the quality of life in your country (or in the region where you and your family live). List them in order of severity, starting with the problem you consider the most damaging, and explain why. Also give your ideas on how to solve or alleviate these problems.*

_____

_____

_____

_____

CAPÍTULO **10** La imagen y los negocios

Past Participles as Adjectives

CE10-1 ¿Visita inoportuna...? *Nubia is telling a friend about her visit yesterday with Alicia and Mario. Based on the drawing, complete her description using past participles of the verbs listed. Use each verb only once.*

abuerto

abrir	cerrar	deprimir(se)	interesar	sentar(se)
callar(se)	concentrar(se)	enojar(se)	preocupar(se)	separar(se)

Alicia y Mario estaban ___sentados___ en el sofá grande. No estaban juntos sino bien

___separados___, uno en cada extremo del sofá. Alicia parecía ___preocupada___ en hablar

con Mario; estaba contenta y no parecía ___interesado___. Miraba algunos objetos que estaban en

la mesita: dos cintas, dos libros ___cerrados___ y un par de cosas más. Mario estaba _concentrado — preocupado_ en un artículo de un periódico que tenía _abierto_ enfrente de él.

Ambos no se hablaban; estaban muy _callados_. ¿Será que llegué en un mal momento...?

¿Estarían _diprimedo_ por alguna razón? Realmente lo dudo. Más bien pienso que Mario estaría

enojado por algo o muy interesado en su lectura...

CE10-2 ¡Compremos una minivan! *Josefina is trying to convince her husband that they need a new minivan. Complete Josefina's description of it to her husband using the appropriate past participles of the verbs in parentheses.*

¿Por qué insisto ahora en comprar una minivan...? Es que el otro día vi y leí un anuncio muy bien

pensado (1. pensar) y _diseñado_ (2. diseñar) en una de mis revistas. La

revista estaba _abierta_ (3. abrir) justo en la página de anuncio con dos minivans muy

atractivas. Es obvio que el anuncio está _dirigido_ (4. dirigir) a matrimonios con niños y, en

particular, a madres como yo, con hijos pequeños. Es que en la parte inferior del anuncio se ven dos

imágenes significativas: una que muestra a dos mujeres _abrazadas_ (5. abrazar), sonrientes y

felices; y otra donde hay un bebé (o niñito) que parece muy contento, _sentado_ (6. sentar)

en un asiento _intregado_ (7. integrar), opcional para niños. Es obvio que estos asientos son

más seguros que los asientos portátiles tradicionales. Según el anuncio, estas minivans también vienen

equipadas (8. equipar) con cinturones (*belts*) de seguridad en los asientos de atrás y se

venden mucho porque están _hechan_ (9. hacer) con la idea de maximizar la comodidad y

la seguridad de los clientes. Y ahora, mi amor, ¿qué te parece si vamos a mirar algunas minivans...?

The Perfect Indicative Tenses

CE10-3 ¿Qué ha pasado...? *Ramón has returned to his home town after a ten-year absence and runs into an old friend, who tells him what has happened during those years. Complete his account with the present perfect of the verbs in parentheses.*

Modelos   a. Yo **me he casado** (casarse) con Alicia, ¿la recuerdas?

Los Pérez **han comprado** (comprar) una hermosa casa en la capital.

1. Mis padres _____ han ahorrados (ahorrar) unos pesos y piensan gastárselos en Italia.

2. Alicia _____ ha obtenado (obtener) su título de ingeniera industrial.

3. Juan, Paco, Alicia y yo _____ hemos abierto (abrir) un negocio de "Internet Café" en la estación central.

4. En menos de diez meses nuestros ingresos _____ han mejorado (mejorar) mucho.
As you can see hemos   → to be better

5. Como puedes ver, _____ has invertido (invertir) muy bien nuestro dinero.

6. En cambio, los dueños de la tienda «Los dos amigos» _____ han tenido (tener) que venderla para pagar todas sus deudas.

7. Mi familia también _____ ha aumentado (aumentar) últimamente. Este julio pasado nació mi primer hijo.
to go up, to increase

8. Y ahora dime tú, ¿dónde _____ has estado (estar) (tú) todos estos años?

CE10-4 Un año de mucha suerte. *Paco and Rosa have had a very good first year in business, and they are celebrating it with a party. To find out some things about their new business, complete Rosa's comments with the past perfect tense of the underlined verb.*

Modelo   En enero ya <u>éramos</u> dueños de la compañía pero antes sólo **habíamos sido** clientes.

1. En 1999, Paco <u>enseñó</u> economía en Berkeley; _____ había enseñado lo mismo en Harvard antes.

2. El mes pasado nuestra compañía <u>contrató</u> a tres mujeres pero hasta entonces ¡sólo _____ había contratado a una!

3. Ayer <u>gastamos</u> mucho pero me preocupaba más lo que _____ habíamos gastado durante los últimos dos meses.

4. Sonia y Luis <u>trabajaron</u> aquí unos meses; antes _____ habían trabajado en una oficina.

5. Este año <u>vendí</u> bastante pero pensé que _____ habría vendido más.

6. Esta semana no <u>invertimos</u> nada pero no hay que olvidar que ya _____ habíamos invertido mucho la semana pasada.

7. Hace unos días <u>hice</u> un buen negocio pero la verdad es que _____ habría hecho mejor ¡contratándote a ti como gerente de esta compañía!

CE10-5 Predicciones para el año 2015. *Don Predícelotodo is making predictions about what the world will be like in the year 2015. To see what he foretells, complete the sentences with the future perfect tense of the verbs in parentheses.*

Modelo   La ciencia médica **habrá descubierto** (descubrir) cómo curar el cáncer.

1. La energía solar _habrá sustituido_ (sustituir) al petróleo como fuente *(source)* principal de energía.

2. La compañía TREF _habrá inventado_ (inventar) un robot económico que pueda preparar platos hispanos típicos ¡en cuatro o cinco minutos!

3. América del Sur _se habrá convertido_ (convertirse) en Estados Unidos de América del Sur.

4. Los países del tercer mundo _habrán conseguido_ (conseguir) mejorar su situación económica.

5. El primer bebé de probeta *(test-tube baby)* _habrá escrito_ (escribir) el libro más vendido del año: su autobiografía.

6. La primera expedición ruso-americana a Marte _habrá vuelto_ (volver) a la tierra después de un viaje exploratorio exitoso *(successful)*.

7. Finalmente, otros grandes síquicos y yo _habremos muerto_ (morir) de viejos y cansados.

CE10-6 Diálogos breves. *Answer the questions by completing the sentences with the conditional perfect of the verbs in parentheses.*

Modelo   —¿Estaban Elena y Sara en la biblioteca?
        —Lo dudo. Nosotros las **habríamos visto** (ver).

1. —¿Ya conseguiste el trabajo que querías?
   —Todavía no. Tú ya lo _habrías sabido_ (saber).   *Not yet   you would have known*

2. —¿Resolvieron sus problemas de dinero los Gómez?
   —Lo dudo. Ellos _habrían pagado_ (pagar) sus deudas.

3. —¿Le pagaron a Pablo 800 dólares por el trabajo de publicidad que hizo?
   —Pienso que sí. Él no lo _habría hecho_ (hacer) por menos.

4. —¿Pasaron mucho tiempo en Europa?
   —No fuimos. Decidimos no ir porque _habríamos gastado_ (gastar) demasiado.

5. —¿Volviste con tu ex-esposa?
   —¡Por supuesto que no! ¿_habrías vuelto_ (volver) tú?

6. —¿Te pareció cara esa casa?
   —¡Carísima, pero muy linda! Por 30.000 dólares menos, yo la _habría comprado_ (comprar).

7. —¿Pagó ese precio Susana?
   —Probablemente no. Ella _habría regateado_ (regatear).

The Present and Past Perfect Subjunctive

CE10-7 Del indicativo al subjuntivo. *Complete the sentences, following the models.*

Modelos
    a. Lo ha vendido y es una lástima que **lo haya vendido**.
    b. Aún no han vuelto pero ¿es posible que **aún no hayan vuelto**?

1. Ella lo ha dicho pero ellos dudan que _lo haya dicho_.

2. Yo he escrito pero nadie cree que _haya escrito_.

3. ¿Le has pagado y él niega que _le hayas pagado_?

4. Han ahorrado mucho y es bueno que _hayan ahorrdo mucho_.

5. ¿Él ha anunciado el producto y usted no se alegra de que lo _haya anuncrado_.

6. ¿Las has mantenido y ellas niegan que _las hayas mantenido_?

7. Se han ido solos y realmente sentimos que _se hayan ido solos_.

8. Hemos malgastado tu dinero, ¿y tú te alegras de que lo _hayamos malgasto_?

CE10-8 Comentarios diversos. *Complete the response to each statement using the past perfect subjunctive, following the model.*

Modelo
    Había mejorado el producto.
    El vendedor negó que **hubiera mejorado el producto**.

1. Habíamos hecho un buen negocio.
    ¿Dudaba usted que nosotros _hubreramos_?

2. Yo había conservado electricidad.
    Ustedes no creyeron que _hubiera_.

3. Se habían malgastado los ingresos.
    El director no creía que _hubreran_.

4. Tú habías ahorrado 10.000,00 dólares en un año.
    Me sorprendió que _hubreras_.

5. Ellos habían invertido todo su dinero en el negocio.
    ¿Era posible que _hubreran_?

6. Alfredo había negociado un buen sueldo.
    Era muy dudoso que _hubiera_.

CE10-9 Más comentarios... *Complete each sentence with a compound form of the subjunctive (present or past perfect), following the models.*

Modelos
    a. ¿Duda usted que la publicidad **haya costado** (costar) tanto dinero?
    b. No creían que los dueños **hubieran vendido** (vender) su negocio por tan poco.

1. Temo que el dueño ya *haya aumentado* (aumentar) el alquiler.

2. Era imposible que el comerciante *hubiera hecho* (hacer) eso.

3. Dudaba que mis padres lo *haya comprado* (comprar).

4. Nos sorprendió que tú *te hubieras casado* (casarse) con él.

5. Usted se alegra de que nosotros ya *hayamos vuelto* (volver), ¿no?

6. No creemos que ustedes *hayan dirigido* (dirigir) ese proyecto.

7. Alicia sintió mucho que yo no *me divertido* (divertirse).

8. ¿No es increíble que allí se *promocionado* (promocionar) esos productos?

The Verb *Haber*

CE10-10 ¿Hay, había o habrá...? *Rewrite the sentences to use a form of **haber**, following the models.*

Modelos
    a. La tienda está abierta.
       Hay una tienda abierta.

    b. Los dependientes estarán allí mañana.
       Habrá dependientes allí mañana.

1. Muchos negocios están cerrados.

    Hay muchos negocios cerrados.

2. Los anuncios estarán en ciertos lugares públicos.

    Habrá los anuncios en ciertos lugares públicos

3. Los tomates están muy caros aquí hoy.

    Hay los tomates muy caros aquí hay.

4. La fábrica de computadoras está cerca de la universidad.

    Hay ∪ cerca de la universidad

5. Varios científicos famosos estarán en la reunión del martes.

    Habrá varios científicos famosos en ∪

CE10-11 Complete las frases. *Complete the sentences with* **hay, hay que,** *or a form of* **haber de,** *using the present indicative.*

Modelos   a. Yo **he de** ir a la oficina temprano hoy.
b. **Hay que** trabajar para ganar dinero.
c. En esa compañía **hay** muchos beneficios.

1. Ellos ___han de___ llamarme antes de irse.

2. ¿ ~~Hay que~~ Hay ___ cosas baratas en esa tienda?

3. ¿Sabes que en este barrio no ___hay___ negocios?

4. El dueño dice que ___hay que___ mejorar el producto.
    owner

5. ¿Por qué ___hay de___ hacerlo tú y no cualquier otra persona?

6. Para fin de año nosotros ___~~hemos de~~ → hayamos que___ pagar toda nuestra deuda.

7. Sólo ___hay___ dos restaurantes en ese pueblo.

The Passive Voice

CE10-12 ¿Quién lo hizo? *Tell who was the cause of the following facts or situations, following the models.*

Modelos   a. La deuda está pagada. (el dueño)
Fue pagada por el dueño.

b. Esas cartas están abiertas. (la secretaria)
Fueron abiertas por la secretaria.

1. Los precios están reducidos. (el comerciante)

    _____

2. Los dependientes están contratados. (los dueños de la tienda)

    _____

3. La casa está vendida. (José Luis)

    _____

4. Rogelio y Alicia están casados. (alguien en Reno, Nevada)

    _____

5. El anuncio está diseñado. (Susana)

    _____

6. El dinero de los Martínez está invertido. (uno de sus hijos)

    _____

CE10-13 Expresiones equivalentes... *Change the sentences from the* **se** *for passive to the true passive voice, using the same tense as the sentence given.*

Modelos
    a.   Se anunciará el nuevo producto.
        El nuevo producto será anunciado.

    b.   ¿Qué cosas se exportaban a Francia?
        ¿Qué cosas eran exportadas a Francia?

1. Se preparan los mejores anuncios en esta compañía.

    _____

2. Se vendió ese auto ayer.

    _____

3. Se abrirán dos nuevas escuelas cerca de mi oficina.

    _____

4. ¿Dónde se hizo el poncho de Mirta?

    _____

5. Se escribirán los ejercicios en clase.

    _____

6. ¿Cómo se gastaba el dinero de esa fábrica de automóviles?

    _____

Vocabulario

CE10-14 Verbos y sustantivos. *For each verb listed in the left column, circle the noun or nouns in the right column that can be used with it.*

Modelos   malgastar   ((energía) / (dinero))
             ahorrar   ((tiempo) / árboles)

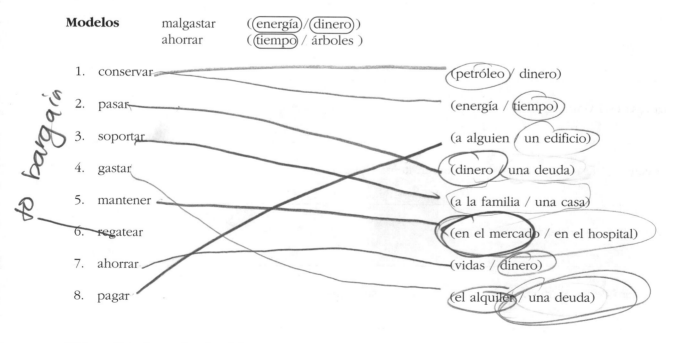

to bargain

1. conservar   (petróleo / dinero)

2. pasar   (energía / tiempo)

3. soportar   (a alguien / un edificio)

4. gastar   (dinero / una deuda)

5. mantener   (a la familia / una casa)

6. regatear   (en el mercado / en el hospital)

7. ahorrar   (vidas / dinero)

8. pagar   (el alquiler / una deuda)

CE10-15 Palabras relacionadas. *Give one or two nouns related to each of the following verbs.*

Modelos   a. deber **la deuda, el deber**
              b. gastar **el gasto**

la imaginación

1. ingresar *el dinero, el ingreso*   5. imaginar *los sueños, la imagen*

2. vender *lugares y productos*   6. negociar *los precios, los negocios*

3. anunciar *la propaganda, el anuncio*   7. comerciar *los comercios*

4. ahorrar *el dinero, los ahorros*   8. producir *los productos*

CE10-16 Temas alternativos. *Choose one of the following topics and write a paragraph about it.*

A. Una carta de respuesta. *A pen pal from Guatemala writes you a letter. In it he or she makes the following statements:*

Yo sé que en tu país no hay gente pobre como aquí. Allí hay muchas oportunidades económicas y también hay servicios médicos para todos, ¿no...? Mi sueño más grande es ir a Estados Unidos porque allí se pueden conseguir buenos trabajos que pagan bien. Pienso que en tu país será muy fácil encontrar un puesto y ahorrar dinero...

Write a response to your pen pal giving your personal opinion about what he or she says.

B. Un nuevo producto. *You have just invented a new product. Describe it briefly and write a one- or two-minute commercial which will be used to advertise it on TV (or radio).*

_____

_____

_____

_____

_____

_____

_____

_____

_____

CAPÍTULO **11** ¡Adiós, distancias!

Sequence of Tenses with the Subjunctive, Summary

CE11-1 Breves conversaciones. *Complete the conversations with the appropriate subjunctive forms, present or past.*

1. PEDRO: No sé cómo decirle al jefe que este nuevo programa no funciona. Es probable que

   (él) ~~se vaya enojado~~ (enojarse). *se enoje*

   FRANCISCO: Sería mejor que yo se lo ~~se diga~~ *dijera* (decir), ¿verdad? A mí me dijo

   que **trabajara** (trabajar) hoy haciendo archivos de reserva del

   nuevo proyecto, pero si tienes miedo de que (él) ~~esté~~ *esté* (estar)

   molesto, yo le explico el asunto.

2. ANA: ¿Cuándo vamos a tener esa reunión con el señor Díaz?

   PACO: Ayer por la mañana le mandé un fax preguntándole eso mismo pero no me

   contestó. ¿Es posible que el fax no le ~~haya~~ *habra llegado* (haber llegado)?

   ANA: Mándale un e-mail para que ~~sepa~~ (saber) que estamos

   esperando una respuesta.

117

3. SILVIA: ¿Ya se arregló la computadora, Toño?

    TOÑO: Sí, hoy vino el técnico a arreglarla a eso de las nueve.

    SILVIA: ¡Qué bien!

    TOÑO: Sí, Ricardo dijo que estaba muy contento de que el técnico _~~haya~~ hubiera llegado_

    (haber llegado) temprano. Dijo que era probable que sin la computadora ellos no

    ~~haya~~ terminado (haber terminado) a tiempo un trabajo muy importante.
    `hubieran`

CE11-2 ¿Por qué se inventaron los adultos? *To find out why Eduardito is frustrated enough to ask this question, complete his remarks with the correct subjunctive forms of the verbs in parentheses.*

Modelos
a. Ayer mamá me prohibió que **navegara** (navegar) por la Red.
b. Los adultos esperan que los niños los **obedezcan** (obedecer) siempre.
c. Papá no cree que Susanita **se haya vestido** (vestirse) sola ayer.

1. ¿No sería divertido que Luisito y yo _~~haya~~ iniciáramos_ (iniciar) un movimiento de liberación infantil?

2. Mis padres quieren que yo _~~me~~ lave_ (lavarse) los dientes ¡tres veces por día! + imperfecto de subjuntivo

3. Después de terminar el examen, la maestra *(teacher)* nos dijo hoy: «Chicos, espero que ustedes

    usen (usar) la cabeza y que la mayoría _respondan_ (responder) todas las preguntas.»
    hayan usado   hayan respondido

4. ¿No es injusto que mi hermano mayor _tenga_ (tener) su propia computadora y yo no?

5. A los adultos no les gustaría que otra persona les _~~diga~~ - dijera_ (decir) qué comer, cómo vestirse y cuándo dormir, ¿no?

6. ¿Habrá algún adulto que _~~quiera~~ quiera_ (querer) y _~~pueda~~ pueda_ (poder) ayudarnos?

CE11-3 Frases sinónimas. *Rewrite the sentences using the cues provided.*

Modelos
a. ¿Te llamó para ir al cibercafé con ella?
    ¿Te llamó para que **fueras al cibercafé con ella**?

b. Piensan salir si no tienen mucho sueño.
    Piensan salir a menos que **tengan mucho sueño**.

1. ¿Imprimes esos documentos pero no lo saben tus padres?

    ¿Imprimes esos documentos sin que _sepa supiera_?

2. ¿Imprimiste esos documentos pero no lo supieron tus padres?

    ¿Imprimiste esos documentos sin que _sepan_?

3. Pienso ayudarlos si me prometen bajar esos archivos antes.

    Pienso ayudarlos con tal de que me _~~prometan~~ prometan_

4. Pensaba ayudarlos si me prometían bajar esos archivos antes.

Pensaba ayudarlos con tal de que me ___prometera___

5. ¿Van a comprar un fax si no cuesta mucho?

¿Van a comprar un fax a menos que ___cuesta___

6. ¿Iban a comprar un fax si no costaba mucho?

¿Iban a comprar un fax a menos que ___~~costa~~ cueste___ ?

If Clauses (2)

CE11-4 Frases hipotéticas. *Combine the sentences, following the models.*

Modelos
a. No usa el buscador. No encuentra la información que necesita.
   Si usara el buscador, encontraría la información que necesita.

b. No te conectaste a la Red. No tenías todo un mundo de información a mano.
   Si te hubieras conectado a la Red, habrías tenido todo un mundo de información a mano.

1. No tenemos fax. No podemos faxear la carta.
   Si ~~tenera~~ tuvieramos fax, podría faxe.

2. La computadora no funcionaba aquel día. Enrique no bajó los archivos.
   hubiera funcionado
   Si la comp funcionara, bajaría.

3. No había papel. No imprimimos el documento.
   habido   ~~se~~ habría imprimido
   Si hubiera habido papel, imprimiría

4. No están aburridos. No dejan de navegar por la Red.
   Si estara aburrido, dejara

5. No sabían las palabras claves (*passwords*). No pudieron entrar al sistema.
   hubiera sabido   hubiera podido
   Si ~~supiere~~ las palabras, podían

6. No tenían una impresora láser en esa tienda. No la compramos.
   hubiera tenido
   Si ~~tuviera~~ una impresor, comparo

CE11-5 Deducciones infantiles. *A group of children are hypothesizing about their world; complete their statements with the correct forms of the verbs in parentheses.*

Modelos a. Si nosotros no **tuviéramos** (tener) computadora, no podríamos jugar tantos juegos.
b. **¿Habría visto** (ver) mejor el abuelito si sus ojos hubieran sido más grandes?

1. Si tú _dirría_ (decir) una mentira, te crecería la nariz como a Pinocho.

2. Si no _existiría_ (existir) Internet, no tendríamos ciberamigos, ¿verdad?

3. ¿Se habría inventado la televisión si no se _hubiera descubrido_ (descubrir) la electricidad?

4. Si papá y mamá no se hubieran conocido, Jorge y yo no _hubiéramos nacido / habríamos_ (nacer), ¿verdad?

5. ¿Podríamos volar si nosotros _tuviéramos_ (tener) alas (*wings*) en vez de brazos?

6. Si yo fuera pobre, _compraría_ (comprar) dinero en la tienda.

CE11-6 Reordenando frases. *Rewrite the sentences changing the order of the underlined words. Follow the models.*

Modelos a. Me parece que él actuó de manera <u>inmadura y estúpida</u>.
Me parece que él actuó de manera estúpida e inmadura.

b. ¿Tienes <u>diez u once</u> pesos?
¿Tienes once o diez pesos?

1. Aquí están <u>Inés y José</u>.
José e Inés

2. ¿Habló usted de <u>horas o minutos</u>?
minutos u horas

3. Pensamos <u>ir y comer</u> allí lo antes posible.
comer e ir

4. ¿Piensas que es mejor <u>perdonar u olvidar</u>?
olvida o perdonar.

5. Es una reunión para <u>padres e hijos</u>.
hijos y padres

6. ¿Es <u>hombre o mujer</u>?
¿Es mujer u hombre?

7. ¿Quién llamó? ¿<u>Óscar o Pedro</u>?
Pedro u Oscar

8. Conocí a un muchacho <u>interesante e inteligente</u>.
inteligente e interesante

CE11-7 ¿Pero, sino o sino que? *Complete the sentences with the correct conjunction.*

but... verb ~ negative beginning

but... rhetorical negative

Modelos
a. No dije que voy a entrar al sistema **sino que** quiero recorrer la Red.
b. José la llamó **pero** usted ya había salido.

1. Tengo computadora ____pero____ prefiero escribir a mano esta carta.

2. No guardaron ____sino que____ imprimieron ese documento.

3. No fue Goya el que pintó *Vista de Toledo* ____sino____ El Greco.

4. La playa de Puerto Vallarta, México, es muy famosa, ____pero____ la de Acapulco es aún más famosa.

5. La universidad más antigua de América no es Harvard ____sino____ la Universidad de Santo Domingo, fundada en 1538.

6. Me gustaría ayudarte ____pero____ primero debo hacer estos archivos de reserva.

7. Bernardo O'Higgins, un héroe de la independencia sudamericana, no era irlandés ____sino____ chileno.

8. No quiero que me llames por teléfono ____sino que____ te comuniques conmigo por correo electrónico. ¡Es mucho más barato!

Por Versus Para

PLUSCUAMPERFECTO

CE11-8 ¿Un día típico? *Complete the paragraph with por or para, as appropriate.*

Ayer ___por___ la mañana salí ___para___ el mercado ___para___ comprar huevos. Pagué

dos dólares ___por___ docena. ¡Qué caros, Dios mío! Pero los compré porque quería comerlos

___para___ el desayuno. No había comido huevos ___por___ mucho tiempo y ___por___

eso decidí hacer una tortilla (omelet) ___para___ mí sola. La estaba preparando cuando me llamaron

___por___ teléfono... Regresé a la cocina después de unos minutos y ¡qué desastre! ¡Se me había

quemado toda la tortilla! ___Por___ la tarde, decidí salir a buscar un regalo ___para___ mi sobrina,

cuyo cumpleaños era al día siguiente. Fui a muchas tiendas, ___por___ lo menos a cinco o seis, y no

pude encontrar el juego de Nintendo que quería. ___Por___ fin decidí volver a casa y al llegar vi que

(finally)

había un mensaje en la contestadora automática. Era mi marido que había llamado de Nueva York

___para___ decirme que habían cancelado su vuelo ___por___ mal tiempo. ___Por___ eso,

y ___para___ que no me preocupara, me informaba de que no estaría en casa ___para___ las seis

sino ___para___ las once. Es que en vez de venir ___por___ avión, vendría ___por___ tren.

Justo cuando empezaba a sentirme deprimida por tantos fracasos, oí un ruido afuera. Miré ___por___ la ventana y vi que llegaba alguien. ___por___ suerte era Marisa, una vieja amiga a quien hacía tiempo que no veía. Charlamos ___por___ un largo rato y luego salimos a cenar. Lo pasamos muy bien. Si no hubiera sido ___por___ ella, habría tenido un día totalmente desastroso.

CE11-9 Un viaje por Venezuela. *Complete the following account of Daniel's trip to Venezuela with por or para, as appropriate.*

Daniel fue a Venezuela ___por___ dos semanas. Salió de Miami hace una semana y viajó ___por___ avión a Caracas. Leyó en su guía que Venezuela quiere decir "pequeña Venecia" y que es un país muy lindo, interesante y variado. Más del 35 ___por___ ciento del territorio está cubierto de bosques. Tiene además muchos ríos, llanos ¡y una serie de islas pequeñas cerca de la costa! La isla Margarita es la más grande y cada año miles de turistas van allí ___para___ divertirse o descansar en sus playas espléndidas. Daniel viajó ___por___ todo el norte del país. Fue a Los Roques, un parque nacional con unas cincuenta islas y arrecifes (*reefs*) coralinos incomparables. En La Guaira, un puerto que está cerca de Caracas, compró una ruana (poncho) y una guitarra típica de Venezuela ___para___ su mamá. Pagó en dólares pero muy poco: 8 dólares ___por___ la ruana ¡y solamente 15 ___por___ la guitarra! Estará de regreso en Miami ___para___ el próximo domingo. ___por___ casualidad justo ese [BY chance] domingo es su cumpleaños y pensamos hacerle una fiesta sorpresa ___por___ la tarde. Si quieres venir, te esperamos en la casa de Daniel. El todavía no lo sabe... pero al llegar tendrá una doble sorpresa: su fiesta de cumpleaños ¡y ésta en su propia casa! Espero que no llegue muy cansado...

Vocabulario

CE11-10 Trabalenguas. *Complete the following tongue-twisters with the appropriate words.*

1. Pedro Pablo Pérez Pereira

   pobre pintor portugués

   pinta pinturas _____ poca plata (*dinero*)

   _____ pasar _____ París.

2. María Chucena techaba (*was putting a roof on*) su choza (*hut*) cuando un leñador (*woodcutter*) que

   _____ allí pasaba le dijo:

   —María Chucena, ¿techas tu choza _____ techas la ajena (*someone else's*)?

   —Ni techo mi choza _____ techo la ajena;

   techo la choza de María Chucena.

3. Han dicho que he dicho un dicho *(saying)*,

tal dicho no lo _____ dicho yo...

porque si yo _____ dicho el dicho,
bien dicho habría estado dicho el dicho
por haberlo dicho yo.

CE11-11 Sinónimos. *Rewrite the following sentences substituting words or phrases similar in meaning to the underlined words or phrases.*

Modelos
    a.   A María le gusta <u>recorrer</u> la Red.
            A María le gusta navegar por la Red.

    b.   ¿Por qué no haces un <u>backup</u>?
            ¿Por qué no haces un archivo de reserva?

Wyatt Cole

1. José <u>abandonó todo esfuerzo</u> *(effort)* cuando se dio cuenta de que no podía solucionar el problema.

   _____

   _____

2. <u>El ordenador</u> no funciona.

   _____

3. Buscó <u>por todas partes</u> pero no encontró los programas que quería.

   _____

4. ¿Realmente <u>están a favor de</u> la nueva tecnología?

   _____

5. Ahora te voy a <u>enviar el documento por fax</u>.

   _____

6. ¿Conoces a alguien que sufra de <u>miedo a la tecnología</u>?

   _____

7. Le di un CD de Gloria Estefan <u>a cambio de</u> uno de Jon Secada.

   _____

   _____

8. ¿Así que tienes una <u>página en la Red</u>? ¡Te felicito!

   _____

   _____

CE11-12 Un amor cibernético. *Complete the paragraph with appropriate vocabulary, choosing from the following list:*

correo electrónico	usuarios	archivo de reserva
Red	buscadores	guarda
navegar	computadora	ciberamigos

Jaime y Mercedes son _____ muy apasionados de Internet. A los dos les gusta mucho

_____ por la _____ y ambos usan varios _____

Por supuesto, se conocieron por Internet. Se comunicaron por _____ durante casi un

año. Mercedes siempre _____ todos los mensajes que intercambian en un

_____. Ahora no sólo son _____ sino que ¡también son cibernovios!

Mercedes va a comprarse una _____ portátil porque así puede viajar para conocer

personalmente a Jaime sin tener que «desconectarse» de él durante el viaje...

Repaso

CE11-13 ¿El mundo al alcance (reach) de mis manos? *Look at the ad for Crystal Ball Internet and answer the following questions according to the information you read in the ad.*

1. ¿En qué idioma funciona Crystal Ball Internet? ¿Sólo en inglés?

   _____

   _____

2. ¿Cómo se puede conectar uno a Crystal Ball Internet? ¿Es difícil conectarse?

   _____

   _____

3. ¿Qué tipo de información se puede encontrar en Crystal Ball Internet?

   _____

   _____

4. ¿Se puede recibir y/o enviar correo electrónico con Crystal Ball Internet?

   _____

   _____

5. ¿Qué otros beneficios ofrece la conexión a Crystal Ball Internet?

   _____

   _____

6. ¿Para qué sirve el Cyber Cop? ¿Cree usted que es un buen servicio? ¿Por qué sí o por qué no?

   _____

   _____

CE11-14 Si... *Match the main clauses on the left to the appropriate if clauses on the right.*

1. _____ Prefiero la limonada, querido,	a.	si Dios quiere.
2. _____ Lo imprimiríamos ahora	b.	si no te importa.
3. _____ Gastan dinero	c.	si tuviéramos una impresora.
4. _____ Vamos a viajar allí mañana	d.	como si hubiera olvidado algo importante.
5. _____ Parece muy tenso,	e.	como si tuvieran una fortuna.

CE11-15 Temas alternativos. *Choose one of the following topics and write a paragraph about it.*

A. Me presento...
¡cibernéticamente! *Compose a notice for an on-line personals ad. Describe yourself, including what you like to do in your free time and what you want to do in the future. Include the answers to these questions: Where would you go if you could travel anywhere? What would you do if you could have any job you wanted? Where would you go on a first date if money were not a problem?*

B. Charla entre ciberamigos.
Compose an e-mail to a pen pal. Tell him or her something about the use of computers and other technology at your school. Ask him or her a few questions. Then tell what could be improved if there were more money in your school budget for technology. Say what you would buy if you were the president of the university and had a lot of money.

CAPÍTULO **12** # La imaginación creadora

The Present Participle and the Progressive Forms

CE12-1 Actividades paralelas. *Using the present progressive tense, complete the following sentences to describe what the people in the scene below are doing at this very moment. Follow the model.*

Modelo   Ana **está estudiando español (o: está leyendo su libro de español).**

1. Pablo _____.

2. Beto _____.

3. José y Ramón _____.

4. Susana _____.

5. Luis _____.

6. Ana y Beto _____.

7. Inés _____.

8. Diana y Lola _____.

CE12-2 Leyendo a Poe... *Rewrite the story, changing the underlined verbs to the past progressive.*

Modelo   Era de noche y en casa todos <u>hacían</u> algo.
              Era de noche y en casa todos estaban haciendo algo.

1. Papá y mamá <u>miraban</u> televisión.

    _____

    _____

2. Pepito <u>estudiaba</u> y el perro <u>dormía</u> en la sala.

    _____

    _____

3. Sentada en mi cama, yo <u>terminaba</u> un cuento de Poe.

    _____

    _____

4. Era el segundo cuento de terror que <u>leía</u> esa noche.

    _____

    _____

5. De repente *(Suddenly)* vi que mi amigo Roberto y yo <u>paseábamos</u> por un parque.

    _____

    _____

6. Alguien nos <u>seguía</u> y nosotros <u>corríamos</u> desesperadamente.

    _____

    _____

7. Roberto me <u>decía</u> algo en inglés.

    _____

    _____

8. ¿Por qué me <u>hablaba</u> en inglés? ¿Qué <u>pensaba</u> hacer con ese péndulo?

_____

_____

9. El péndulo me <u>atacaba</u> y yo <u>trataba</u> de escaparme.

_____

_____

10. «Pero mi hija, ¿qué te pasa? ¿Por qué <u>gritabas</u> hace un rato? ¡Son las sicte de la mañana! ¡Es hora de levantarte!»

_____

_____

CE12-3 En el Hotel Capilla del Mar. *Look at the ad for the Hotel Capilla del Mar and write six sentences about what people are probably doing there at this moment. You might want to use some of these words or expressions:* **bucear, jugar en el casino, pasear en lancha** *(boat),* **hacer esquí acuático, mirar la puesta del sol, visitar el Castillo de San Felipe.**

Modelos

a. **Algunos turistas estarán disfrutando de la playa.**

b. **Varias personas estarán decidiendo qué hacer o adónde ir esta noche.**

¿Qué estarán haciendo en este momento...?

1. _____

2. _____

3. _____

4. _____

5. _____

6. _____

CE12-4 Preguntas y respuestas. *Answer the questions in an original manner, using the cues provided and a progressive tense. Follow the model.*

Modelo   ¿Buscas algo para leer? (andar)
Sí, **ando buscando alguna lectura interesante** .

1. ¿Comían ustedes por la calle? (ir)

   Sí, _____.

2. ¿Todavía vives en el barrio donde naciste? (seguir)

   Sí, _____.

3. ¿Sigues algún curso de pintura? (estar)

   Sí, _____.

4. ¿Hablaste con tu mejor amigo(a) últimamente? (estar)

   Sí, _____.

5. ¿Dicen sus amigos que sus clases son muy aburridas? (andar)

   Sí, _____.

CE12-5 ¿Cómo pasará sus fines de semana...? *Many of us spend our weekends doing things related to our professions or occupations. Assuming this is true, indicate how the following people probably spend their weekends. From the list below, choose an appropriate activity for each person and change the infinitives into their corresponding present participle forms. Follow the model.*

Modelo   ¿Cómo pasará sus fines de semana...?
una escritora **Probablemente creando personajes ficticios.**

diseñar edificios	componer canciones
ver nuevas películas	hacer sus tareas
practicar fútbol	sacar fotos
preparar sus clases	crear personajes ficticios

1. un estudiante _____

2. un profesor _____

3. una directora de cine _____

4. un músico _____

5. una arquitecta _____

6. un futbolista _____

7. un fotógrafo _____

Relative Pronouns

CE12-6 Entrevista con un escritor ficticio. *Complete the interview with* **que, quien(es),** *or* **cuyo(a, os, as).**

—¿Cuál es el título de la novela _____ usted acaba de publicar?

—*El creador* _____ *no podía crear.*

—¿Es ésa la novela _____ personaje principal pasa la mayor parte de su tiempo tratando de escribir una novela?

—¡Sí! ¿Ya la leyó usted?

—No, pero los críticos con _____ he hablado me han comentado algunos capítulos _____ parecen ser interesantísimos.

—Creo que en general la obra les ha gustado a las personas _____ leen ese tipo de literatura.

—¿Cuál es el elemento novelístico _____ usted considera más experimental en su última novela?

—Las páginas centrales... *El creador*... es la primera novela _____ criaturas ficticias —el narrador y el personaje principal— crean lo que yo llamo «el texto en blanco».

—¿Se refiere usted a las quince páginas _____ aparecen en blanco, sin nada escrito, más o menos a mitad de la novela?

—¡Exacto! Y es irónico que varios amigos míos, profesores de literatura _____ profesión consiste en explicar estos textos, ¡no hayan entendido el significado de esas páginas...!

—¿Tiene algo que ver con el título?

—¡Por supuesto! Esas páginas, _____ significado es tal vez más importante que el resto de la obra, representan los momentos no creativos de cualquier creador: el tiempo _____ pierde el escritor tratando inútilmente de crear una escena o las horas _____ pasa el estudiante tratando de escribir una composición _____ tema no le interesa...

—¿Es un invento suyo o tiene algo de autobiográfico ese personaje a _____ usted describe tan bien y con _____ frustraciones parece estar totalmente identificado?

—¡Claro! Ese personaje _____ período no creativo se ve reflejado en las quince páginas en blanco es, en parte, mi doble, pero puede ser también el suyo o el de cualquier otra persona. Después de todo, todos los seres humanos somos, en mayor o en menor grado *(degree),* creadores _____ muchas veces no podemos crear...

CE12-7 Combine las frases. *Combine the sentences using one of the following relative pronouns:* **que, quien(es),** *or* **cuyo(a, os, as).**

Modelos   a.   La semana pasada leí un cuento. El cuento me pareció bueno.
                   La semana pasada leí un cuento que me pareció bueno.

                b.   Una amiga mía va a entrevistar a un escultor español. Sus esculturas son muy conocidas en toda Europa.
                   Una amiga mía va a entrevistar a un escultor español cuyas esculturas son muy conocidas en toda Europa.

1.   Ésta es la fotógrafa chicana. Te hablaba de ella ayer.

      _____

      _____

2.   Acabamos de ver ese dibujo. El dibujo parece dibujado por un niño.

      _____

      _____

3.   ¿Dónde están los escultores? Usted fue al museo con ellos ayer.

      _____

      _____

4.   Mañana irán a casa del carpintero. Su último trabajo le gustó mucho a Paco.

      _____

      _____

5.   Gabriel García Márquez es un escritor colombiano. Sus personajes generalmente viven en un pasado mítico.

      _____

      _____

6.   ¿Cómo se llama ese poeta mexicano? Él ganó el Premio Nóbel en 1990.

      _____

      _____

7.   Rogelio tiene dos hermanas. Ellas tienen una colección de monedas *(coins)* raras.

      _____

      _____

8.   ¿Es André el estudiante francés? A él le permitieron seguir el mismo curso dos veces.

      _____

      _____

CE12-8 ¿El cual, la cual...? *Complete the sentences with* **el (la) cual** *or* **los (las) cuales.**

Modelos
a. Mario va a participar en una conferencia para **la cual** está preparando un ensayo sobre *El capital.*
b. ¿Cuáles son los dibujos por **los cuales** pagó usted tanto dinero?

1. Fuimos a esa librería al lado de _____ está el Museo de Arte Moderno.

2. ¿Es éste el curso para _____ ya no hay lugar?

3. Allí están los retratos entre _____ debe estar el suyo.

4. ¿Son ésas las estampillas por _____ desea verme inmediatamente?

5. ¿Cuáles son los capítulos sobre _____ vamos a hablar?

6. *Cien años de soledad* y *Como agua para chocolate* son dos novelas contemporáneas en

   _____ se puede apreciar la técnica del «realismo mágico».

Relative Pronouns; The Neuter *Lo, Lo Que (Lo Cual)*

CE12-9 Más pronombres... *Complete the sentences with the appropriate relative pronouns, choosing from the alternatives provided.*

Modelos
a. ¿Llamará a **los que** (lo cual / los que / quien) no vinieron?
b. «**Quien** (Lo / Que / Quien) mucho duerme, poco aprende».

1. ¿Sacarán mejores notas _____ (cuyas / los que / que) estudien más?

2. Carlos no entiende _____ (lo que / la que / que) tú dices.

3. La madre de Juan, _____ (lo que / quienes / la que) cose tan bien, quiere hacerle el vestido de novia a Irene.

4. «Antes que te cases, mira _____ (el que / lo que / que) haces».

5. La autora _____ (cuyo / la que / cuya) obra leímos se llama Laura Esquivel.

6. «A _____ (los que / quien / que) madruga *(gets up early)*, Dios le ayuda».

7. _____ (Lo / El que / Lo cual) inventó eso es Pedro.

8. «Ojos _____ (cuyos / los cuales / que) no ven, corazón que no siente».

9. _____ (Lo que / Lo / El cual) interesante de esa obra es su título.

10. Gerardo no vino a clase hoy, _____ (lo cual / cuya / quien) me sorprendió mucho.

Diminutives

CE12-10 Diminutivos. *Respond to the questions using diminutives of the underlined words. The diminutives should all end in* **-ito(a, os, as).**

Modelos   a.   —¿Tienes un auto <u>igual</u> al mío?— **¡Igualito** !
                b.   —¿Conocen a esos <u>muchachos</u>? —Sí, son **muchachitos** del barrio.

1.   —¿Quiere un <u>poco</u> de café? —Un _____, por favor.

2.   —¿Vamos a leer un cuento <u>corto</u>? —Sí, muy _____.

3.   —¿Escribió él <u>novelas</u> buenas? —No, sólo _____ mediocres.

4.   —¿Piensa quedarse aquí un <u>momento</u>? —Sí, sólo un _____.

5.   —¿Es <u>amiga</u> de tu hermanita? —Sí, es su _____.

6.   —¿Tienen hijas <u>pequeñas</u>? —Sí, dos hijas _____.

7.   —¿Estarán allí un <u>rato</u> largo? —No, sólo un _____.

Vocabulario

CE12-11 Sinónimos. *For each of the words on the left, give the letter of its synonym on the right.*

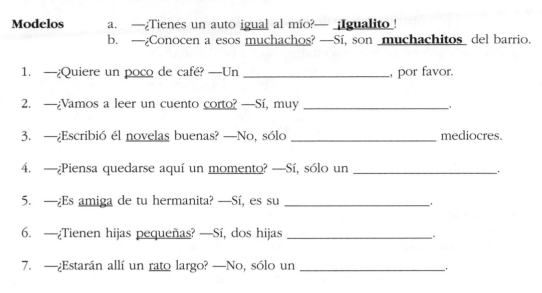

1. _____ autor
2. _____ crear
3. _____ estilo
4. _____ dibujar

5. _____ poema
6. _____ retrato
7. _____ libro
8. _____ carácter

a. texto
b. temperamento
c. poesía
d. escritor

e. manera
f. ilustrar
g. pintura
h. inventar

CE12-12 Buenas intenciones. *Read the following paragraph and circle the appropriate words to complete this student's comments regarding his usual good intentions.*

Siempre tengo buenas intenciones, pero parece que nunca termino mis tareas a (1. casa / tiempo). Por

ejemplo, la semana pasada estaba escribiendo una composición para la clase de inglés. Había que escribir

sobre un (2. personaje / carácter) famoso de una obra de Shakespeare y yo escogí a Próspero, de *La*

tempestad. Pues, aun para la gente de habla inglesa, el (3. dibujo / estilo) y el vocabulario de las obras de

Shakespeare son difíciles de entender. Pasé un buen (4. rato / vez) leyendo y releyendo la obra. En

(5. tiempos / años) de Shakespeare (siglo XVI), quizás la gente no tenía que buscar tantas palabras en el

diccionario para entender la obra de ese famoso autor. Pero yo no sabía qué demonios quería decir «*Alack!*»

o «*How fare ye?*» «Fui no sé cuántas (6. veces / tiempos) al diccionario. Al leer el monólogo que termina

«*Our little life is rounded with a sleep*», me dormí. Y ¿a qué (7. tiempo / hora) me desperté? Pues a las nueve del día siguiente. Era (8. hora / momento) de ir a clase y no había (9. rato / tiempo) de terminar la composición. Una (10. vez / día) más iba a llegar a clase con las manos vacías... pero con las buenas intenciones de siempre.

CE12-13 Asuntos literarios y artísticos... *Complete the sentences with words from the vocabulary of this chapter.*

1. *La casa de los espíritus* es una _____ chilena.

2. *En contacto* fue escrito por tres _____ amigas.

3. Jorge Luis Borges es famoso por sus _____ fantásticos y filosóficos.

4. Mozart sólo tenía cinco años cuando empezó a _____ sus primeras obras musicales.

5. Antoni Gaudí es el _____ español que diseñó una famosa iglesia en Barcelona.

6. Don Quijote de la Mancha es un _____ literario muy popular.

7. «Los desastres de la guerra» es el nombre de una serie de _____ del pintor español Francisco José Goya.

Horizontales

1. verbo relacionado con **diseño**
6. Una pieza teatral es una
   _____ de teatro.
7. hacer algo original
9. sustantivo relacionado con el
   verbo **inventar**
10. un tipo de tejido:_____ de
    lana o de algodón, por ejemplo
12. Hay 60 minutos en una
    _____.
13. alguien que hace una escultura
15. en inglés se dice *scene*
18. máquina de _____, como la
    famosa *Singer*, por ejemplo
20. sinónimo de **escritor**
22. presente de **tejer**: yo _____
23. en inglés se dice *weaving*

Verticales

2. sinónimo de **decorar**
3. Nicolás Guillén es un _____
   cubano.
4. Palacio de Bellas _____, por
   ejemplo
5. sinónimo de **personalidad** o
   temperamento
8. cuadros o pinturas, casi
   siempre de personas
11. se escribe generalmente en
    verso
14. narración breve, normalmente
    ficticia
16. en inglés se dice *essay*
17. en inglés se dice *whose, of
    which*
19. período corto de tiempo: un
    _____
21. Repítelo una _____más, por
    favor.

Repaso

CE12-15 Poema. *Write a poem about a concrete object, following this formula:*

> First line: Tell what the object looks like.
> Second line: Describe it with two other senses (smell, touch, sound, or taste).
> Third line: Tell how it can be important.
> Fourth line: Tell how it makes you feel.

Modelo
Tiene luces y botones.
Es dura y murmura tranquilamente.
Es muy útil para escribir o hacer cálculos.
Me inspira y a veces me asombra *(amazes)*.

CE12-16 Lecturas recomendadas. *At the request of some of her students who would like to improve their Spanish during the summer, Professor Vargas is recommending the following books and authors. Based on what's included in the ads below, taken from a catalogue of books in Spanish, choose two of the books and explain what interests you (***Lo que me interesa [de]..., es [son]***, and so forth) about each of them and why. Take into account Professor Vargas's recommendations:* **A los que les gustan las novelas de misterio, les recomiendo *Nuestra Señora de la Soledad;* a quienes prefieren las obras de contenido histórico-cultural, les sugiero que lean *El año de la muerte de Ricardo Reis;* y a los que les encanta lo fantástico y lo metafísico, les recomiendo los dos volúmenes de relatos de Julio Cortázar, mi autor favorito: *Cuentos completos I* y *Cuentos completos II.*** *Write a paragraph of 8–10 sentences.*

PREMIO NOBEL
DE LITERATURA 1998

NUESTRA SEÑORA DE LA SOLEDAD

968-19-0600-4   Paperback $16.95

A famous Chilean-American mystery writer disappears in the airport of Miami and her husband seeks help. When the case is given to a detective in Mexico, she underestimates the consequences of this task. Seeking to understand the reasons behind this mystery, she emulates the personality of the disappeared writer and her characters.

EL AÑO DE LA MUERTE DE RICARDO REIS

968-19-0390-0   Paperback $18.95

Take a journey through the streets of Lisbon during the 1930s—travel through its streets, parks, bridges, and cafes. Love, politics, and the realities of life all mesh together in this encounter.

Julio Cortázar
CUENTOS COMPLETOS I

968-19-0311-0   Paperback $24.95

CUENTOS COMPLETOS II

84-204-8139-4   Paperback $21.95

A writer of novels, short stories, and literary criticism, Cortázar has been compared to Jorge Luis Borges. Both authors are obsessed with the metaphysical and with the power of the imagination.

Manual de laboratorio

CAPÍTULO **1** # Diversiones y fiestas

ML1-1 *Mike Martin, an American student, goes to a party at the home of a Colombian friend.*

A. *Listen to the conversation that takes place when Mike arrives at the party. You will then hear three questions based on it. Circle the letters of the correct answers. Each question will be repeated.*

1. (a) Román   (b) Ramón   (c) Raimundo

2. (a) amigos   (b) hermanos   (c) compañeros de cuarto

3. (a) cerveza   (b) vino   (c) agua mineral

B. *Now listen to the conversation again. You will then hear five statements based on it. Circle **V** (verdadero) if what you hear is true and **F (falso)** if what you hear is false. Each statement will be repeated.*

1. V   F
2. V   F
3. V   F
4. V   F
5. V   F

ML1-2 *Later, at the same party, Mike tries to start a conversation with Julia.*

A. *Listen to their conversation, then complete the sentences that follow by circling the letters of the appropriate endings. Each sentence will be repeated.*

1. (a) bailarina   (b) estudiante   (c) actriz

2. (a) estupenda   (b) estúpida   (c) horrible

3. (a) casado   (b) entusiasmado   (c) cansado

4. (a) fantástico   (b) diferente   (c) emocionante

B. *Now listen to their conversation again. You will then hear four statements. Circle Julia or Mike, to whomever the statement refers. Each statement will be repeated.*

1. Julia   Mike

2. Julia   Mike

3. Julia   Mike

4. Julia   Mike

ML1-3 *Answer in the affirmative, following the model. Then repeat the correct response after the speaker. The questions will be repeated.*

Modelo   ¿Prefieres la música popular?
Sí, prefiero la música popular.

ML1-4 *You will hear a brief conversation between Raúl and Manuel. Follow their conversation and write in the missing words. The entire dialogue will be repeated to help you check your answers.*

RAÚL: ¿Cómo se llama tu _____ _____ _____?

MANUEL: _____ _____ Luis García. ¿Sabes que _____ muy bien

                 _____ _____?

RAÚL: ¡Qué bien! Él toca la guitarra y tú _____ ¡como Julio Iglesias! Ustedes dos

                 _____ _____ mucho juntos, ¿no?

MANUEL: Sí. La verdad es que en general _____ _____ bien y no

                 _____ _____ nunca. _____ _____ de empezar

                 un grupo musical...

RAÚL: ¡Un grupo _____! ¿Y cuándo piensan _____?

MANUEL: En nuestros _____ _____, durante los _____

                 _____ _____ o _____ _____ _____,

                 después de estudiar... Luis y yo vamos a _____ el sábado por _____

                 _____ para decidir esos detalles *(details)*... ¿Quieres formar parte del grupo...?

RAÚL: Pues... no sé... ¡Es una idea _____! Yo los puedo _____ con el violín,

                 ¿no...?

MANUEL: ¡Claro! Con la guitarra de Luis, tu violín... y mi voz, ¡vamos a formar un trío sensacional!

ML1-5 *You will hear eight sentences; each one will be read twice. Three possible endings to each sentence will be given. Complete each sentence with the correct ending, following the model. Then repeat the correct response after the speaker.*

Modelo   El rugby deriva del...
                    a. béisbol   b. fútbol *soccer*   c. vólibol
                    Deriva del fútbol *soccer*.

ML1-6 *You will hear eight questions; each one will be read twice. These questions could be addressed to **Paco, Paco y Susana,** or **la señora González.** For each question, give the name of the person or persons to whom it is addressed: **Paco, Paco y Susana,** or **la señora González.***

Modelo   ¿Vas a acompañarme al teatro?
                    Paco

ML1-7 *You will hear eight questions based on the thematic vocabulary and cultural content of this chapter. Answer them by circling the letters of the correct answers. Each question will be repeated.*

1. (a) en Uruguay   (b) en Bolivia   (c) en Paraguay

2. (a) con los aztecas   (b) con los incas   (c) con los aymarás

3. (a) en Paraguay   (b) en Uruguay   (c) en Bolivia

4. (a) en África   (b) en América   (c) en Europa

5. (a) las llamadas   (b) la fiesta de San Juan   (c) la fiesta del Gran Poder

6. (a) con el béisbol   (b) con el tenis   (c) con el fútbol

7. (a) con el boxeo   (b) con el fútbol   (c) con el béisbol

8. (a) con la música   (b) con la pintura   (c) con el baile

ML1-8 *Read and listen to the following paragraph on popular music of the sixties in Latin America. You will hear ten statements based on it. Each statement will be read twice. Circle **V (verdadero)** if the statement is true and **F (falso)** if it is false.*

La década de los años sesenta es una década de mucha actividad cultural en toda América Latina. En música hay un nuevo interés por el folklore. Se multiplican los programas musicales en la radio y en la televisión. Empieza en esos años la tradición de las peñas urbanas, especialmente en Chile y en Argentina. Antes de los años sesenta ya existen las peñas campesinas. Se llaman así las barracas° temporales que construyen los campesinos en el campo para celebrar fiestas religiosas o nacionales. Desde el principio las peñas constituyen centros de reunión donde van las gentes para conversar, cantar, bailar y comer juntos. La primera peña urbana nace en Santiago (Chile) y es la famosa «Peña de los Parra», organizada por la cantante popular Violeta Parra, sus hijos Ángel e Isabel Parra, y por otros conocidos cantantes chilenos. En Chile las peñas tienen un papel muy importante en el nacimiento° de la «nueva canción chilena», un movimiento musical cuya temática° habla de los problemas políticos, económicos y sociales de esos años.

huts

birth
cuya... *whose themes*

1. V   F   3. V   F   5. V   F   7. V   F   9. V   F

2. V   F   4. V   F   6. V   F   8. V   F   10. V   F

ML1-9 *The following song, «**La T.V.**», was written and performed by Ángel Parra, a Chilean composer. This song belongs to the movement known as* **la nueva canción chilena,** *discussed in the previous paragraph. Read along as you listen to it and then do the multiple choice exercise that follows.*

La T.V.

Letra y música de Ángel Parra

La televisión entrega° paz, amor, felicidad,	da
deseos incontenibles° de vivir en sociedad,	*irrepressible*
de ganar° mucho dinero para poderlo gastar°	*make / spend*
tomando whisky en las rocas° como dice Cary Grant.	*rocks*
Con la T.V. me dan ganas de° comprar rifles y bombas	**me...** quiero
de asesinar° a un anciano° y nadar° en Coca-Cola.	matar / viejo / *swim*
¡Qué apasionante° es la tele con sus videos de amor,°	*emocionante /* **videos...** telenovelas
prostitutas que se salvan° al casar con un señor,	**se...** *save themselves*
treinta años mayor° que ella y millonario el bribón!°	más viejo / *rascal*
En programas para niños hay cosas extraordinarias:	
cómo matar a una madre, cómo derribar murallas,°	**derribar...** *to knock down walls*
cómo ganamos los blancos contra los indios canallas°	*mean*
que no quieren dar sus tierras a cambio de una medalla.°	*medal*
Este medio cultural —y también de información—	
permite asistir a misa° mientras tomamos un ron.°	*mass / rum*
La publicidad nos da en cama la religión.	
Por fin, la televisión, con generosa armonía,	
es consuelo° de los pobres y niñas en soltería;°	*consolación /* **niñas...** *dainty old maids*
es estudio de sociólogos que la definen muy bien,	
pero llegado el momento° se sientan a ver T.V.	**llegado...** *when the moment arrives*
¡Y yo también!	

Now, complete the statements you hear by circling a *or* b, *as appropriate. Each sentence will be read twice.*

1. (a) ganar mucho dinero sin salir de la casa

   (b) asistir a misa sin salir de la casa

2. (a) son muy violentos

   (b) son similares a *Sesame Street*

3. (a) sirve de consuelo a los pobres

   (b) sirve de consuelo a los sociólogos

4. (a) él nunca mira televisión

   (b) él también mira televisión

CAPÍTULO **2**   # Vejez y juventud

ML2-1 *Jessica Jones, a North American student, is traveling by bus from Bucaramanga, Colombia, to Bogotá, the capital. On the bus she meets Miguel Gutiérrez.*

A. *Listen to their conversation. Then circle below the words that are mentioned.*

1. maleta
2. nieta
3. abuelos

4. hijos
5. Colombia
6. grande

B. *Now listen to the conversation again. You will then hear five statements based on it. Circle* **V** *(verdadero) if what you hear is true and* **F (falso)** *if it is false. Each statement will be repeated.*

1. V   F
2. V   F
3. V   F

4. V   F
5. V   F

ML2-2 *Jessica describes her family to Mr. Gutiérrez.*

A. *Listen to this part of their conversation. You will then hear four questions based on it. Circle the letters of the correct answers. Each question will be repeated.*

1. (a) del Canadá
2. (a) en Boston
3. (a) nueve
4. (a) ver el mundo

(b) de Estados Unidos
(b) en Brooklyn
(b) quince
(b) casarse con su novio

B. *Now listen to the conversation again. Complete the sentences that follow by circling the letters of the appropriate endings. Each statement will be repeated.*

1. (a) doctores   (b) profesores   (c) estudiantes

2. (a) un hermano   (b) una hermana   (c) quince años

3. (a) hijos   (b) nietos   (c) hermanos

4. (a) iban al cine   (b) usaban drogas   (c) se casaban

5. (a) a Jake   (b) al Sr. Gutiérrez   (c) a la nieta del Sr. Gutiérrez

ML2-3 *Restate the following sentences in the preterit. Then repeat the correct response after the speaker. The sentences will be repeated.*

Modelos
    a.   María sabe la respuesta.
       María supo la respuesta.

    b.   Ellos vienen temprano.
       Ellos vinieron temprano.

ML2-4 *Restate the following sentences in the imperfect. Then repeat the correct response after the speaker. The sentences will be repeated.*

Modelos
    a.   Paco tiene diez años.
       Paco tenía diez años.

    b.   Ustedes quieren comer.
       Ustedes querían comer.

ML2-5 *Several people from the Spanish-speaking world were asked:* **¿A quién admira mucho? ¿Qué hizo y por qué lo (la) admira?** *Listen to what they said and complete their answers with the missing verbs.*

Vocabulario: luchar *to fight;* **sacrificar** *to sacrifice;* **capturar** *to capture;* **formar** *to form.*

1. Miriam Castillo, Colombia: César Chávez. Soy colombiana, pero vivo en California. César Chávez

   _____ el líder de los United Farm Workers. _____ de mejorar *(improve)* la

   situación de los trabajadores agrícolas *(farm workers)*.

2. Gabriela Romero, México: Sor Juana Inés de la Cruz, una poetisa mexicana. _____ mucho

   por los derechos de la mujer... _____ toda su vida por el estudio. A las mujeres no se les

   _____ el acceso a los libros y al estudio. Entonces ella _____ llevar una vida de

   sacrificio... todo por poder tener acceso al estudio y a los libros.

3. Begoña Paez, España: Miguel de Cervantes, el autor del *Quijote*. _____ una vida muy

   dura. Los turcos lo _____ en una batalla y _____ cinco años en la cárcel

   (prison). Por fin _____ a España. El *Quijote* se puede considerar como el principio de la

literatura moderna y una atrevida *(daring)* parodia de las extravagancias de la sociedad del siglo

dieciséis en España.

4. Rafael Sauceda, Honduras: El indio Lempira. Cuando los españoles _____ aquí,

_____ una alianza con todas las tribus de la región y _____ por establecer la

soberanía *(sovereignty)* de Honduras. Es una historia muy importante para nosotros. Por su valentía

(valor) le _____ el nombre *lempira* a la moneda *(currency)* de Honduras.

ML2-6 *Answer the questions in the affirmative, using **hace** plus the expression of time indicated, as in the model. Then repeat the correct response after the speaker. The questions will be repeated.*

Modelo   ¿Ya se casaron Marta y José? (dos meses)
Sí, hace dos meses que ellos se casaron.

ML2-7 *For each item below, mark in your manual the sentence that you hear. Each sentence will be read twice.*

Modelo   ( )   Ella va con el padre.
     (x)   Ella ve al compadre.

1. ( )   Mi abuela se rió mucho.   4. ( )   Ellos llevaban una vida feliz.
   ( )   Mi abuela sonrió mucho.   ( )   Ellos llevaban una vida infeliz.

2. ( )   ¿Se casó usted ayer?   5. ( )   Decidió ir al concierto.
   ( )   ¿Se cansó usted ayer?   ( )   Decidí oír el concierto.

3. ( )   Él ve si no viene su novia.
   ( )   El vecino viene con su novia.

ML2-8 *For every family relationship there is always an inverse. If Raúl is Juana's son, for example, then Juana is Raúl's mother. Complete each of the following statements with the inverse correspondent of the family relationship you hear described. Include the appropriate definite articles. Each statement will be repeated.*

1. Yo soy _____ de Carlos y Susana.

2. Sergio es _____ de Carmen.

3. Teresa es _____ de Lupe.

4. Anita y María son _____ de don Pedro.

5. Ernesto y Tomás son _____ de Diana.

6. Isabel es _____ de Eduardo.

ML2-9 *Listen to the following dialogue, which takes place in a marriage counselor's office.*

....

The first half will now be repeated. Answer the four questions that follow by marking the correct response.

1. ( ) Ella le dijo que estaba un poco cansada.

   ( ) Ella le dijo que estaba cansada de él.

   ( ) Ella le dijo que estaba cansada de estar casada.

2. ( ) Ella se casó dos veces.

   ( ) Ella se casó sólo una vez.

   ( ) Ella se casó tres veces.

3. ( ) Hace tres años que él se casó con ella.

   ( ) Hace sólo un año que ellos se casaron.

   ( ) Hace dos años que ellos se casaron.

4. ( ) Él la conoció cuando murió su segundo esposo.

   ( ) Él la conoció cuando murió su primer esposo.

   ( ) Él la conoció cuando ella tenía quince años.

The second half will now be repeated. Answer the last four questions by marking the correct response.

5. ( ) Debe dejar a su esposa.

   ( ) Debe ir al cine con su esposa.

   ( ) Debe hablar con su esposa.

6. ( ) En un teatro.

   ( ) En un hospital.

   ( ) En un cementerio.

7. ( ) El día de la muerte del cliente.

   ( ) El día de su cumpleaños.

   ( ) El año próximo.

8. ( ) Él dice que no le va a decir adiós a su esposa.

   ( ) Él dice que está cansado de estar casado con su esposa.

   ( ) Él dice que no tiene dinero para pagarle al doctor.

ML2-10 *Write the following sentences as you hear them. Each sentence will be repeated. At the end of the dictation, the entire paragraph will be read once again.*

1. _____

2. _____

3. _____

4. _____

5. _____

6. _____

7. _____

8. _____

_____

CAPÍTULO **3**   # La presencia latina

ML3-1 *Before leaving for Colombia, Mike interviewed some immigrants from Latin America, among them two who originally came to the United States for political reasons.*

A. *Listen to Mike's interview with Carla Fernández, a Cuban immigrant. Then circle below the ideas she associates with her native country.*

1. oportunidades económicas

2. sistema político intolerable

3. playas hermosas

4. abuso de la libertad

5. naturaleza magnífica

B. *Now listen to the interview again. You will then hear six statements based on it. Circle* **V (verdadero)** *if what you hear is true and* **F (falso)** *if what you hear is false. Each statement will be repeated.*

1. V   F

2. V   F

3. V   F

4. V   F

5. V   F

6. V   F

ML3-2 *In this interview, Mike talks with Prudencio Méndez, another immigrant from Latin America.*

A. *Listen to their conversation. Then circle below the ideas that Prudencio associates with his native country.*

1. problemas políticos

2. vida tranquila

3. mirar televisión

4. ritmo de vida acelerado

5. oportunidades de trabajo

6. comunicación y sociabilidad

B. *Now listen to the interview again. You will then hear six statements based on it. Circle* **V** **(verdadero)** *if what you hear is true and* **F** **(falso)** *if it is false. Each statement will be repeated.*

1. V F   4. V F

2. V F   5. V F

3. V F   6. V F

ML3-3 *For each of the drawings in your manual, you will hear four sentences, two of which are correct and two incorrect. Write only the correct sentences. Each pair of sentences will be read twice.*

1. El niño _____

   _____

3. El profesor _____

   _____

2. La doctora _____

   _____

4. Él _____

   _____

5. Los turistas _____

   _____

7. Papá _____

   _____

6. La estación _____

   _____

8. El cuarto _____

   _____

ML3-4 *Give the plural forms of the phrases you hear. Then repeat the correct response after the speaker. The phrases will be repeated.*

Modelo   el primer lugar interesante
               los primeros lugares interesantes

ML3-5 *Give the feminine forms of the phrases you hear. Then repeat the correct response after the speaker. The phrases will be repeated.*

Modelo   estos pasajeros puertorriqueños
               estas pasajeras puertorriqueñas

ML3-6 *Answer the questions in the imperfect tense, using **ser** or **estar,** following the models. Then repeat the correct response after the speaker. The questions will be repeated.*

Modelos   ¿En el extranjero?... ¿el señor Gómez?
               Sí, estaba en el extranjero.

               ¿Un país muy rico?... ¿Inglaterra?
               Sí, era un país muy rico.

ML3-7 *Answer the following questions in the affirmative, using possessives and demonstratives, following the models. Then repeat the correct response after the speaker. The questions will be repeated.*

Modelos   ¿Es éste tu vuelo?
               Sí, este vuelo es mío.

               ¿Son éstas sus maletas (i.e., las maletas de ellos)?
               Sí, estas maletas son suyas.

ML3-8 *You will hear six sentences; each one will be read twice. Three possible endings to each sentence will be given. Complete each sentence with the correct ending, following the model. Then repeat the correct response after the speaker.*

Modelo   Una persona que entra a un país con intención de quedarse a vivir allí es un...
               a. ciudadano   b. turista   c. inmigrante
               Es un inmigrante.

ML3-9 *Listen to the following passage about Hispanics in the U.S. You will then hear five statements based on it. Circle **V (verdadero)** if what you hear is true and **F (falso)** if it is false. Each statement will be repeated.*

1. V   F   3. V   F   5. V   F
2. V   F   4. V   F

ML3-10 *You will hear a paragraph about Gloria Estefan and her musical group, the Miami Sound Machine. As you listen to it, fill in the missing words below. The entire paragraph will be repeated to help you check your answers.*

Gloria Estefan es una _____ cantante _____ que vive actualmente en

un _____ residencial de Miami, Florida. Nació en Cuba en 1957 pero dejó

_____ _____ cuando era muy _____ En efecto,

por razones políticas tuvo que emigrar a Estados Unidos _____ _____

_____ en la década de los años sesenta. A los dieciocho años empezó a cantar con un

_____ _____ el «Miami Latin Boys», convertido después en el «Miami

Sound Machine». Así conoció Gloria a Emilio Estefan, líder del grupo _____; se

enamoraron y se casaron en 1978. Ella y su marido han tenido _____

_____ juntos. En 1994, por ejemplo, el álbum *Mi tierra* de Gloria y su grupo —el «Miami

Sound Machine» —recibió el Grammy Award al mejor álbum de _____

_____ latina. Y en 1995, Estefan y su grupo ganaron un segundo Grammy Award por su

álbum *Abriendo puertas* y hoy día, todavía sigue tan fuerte como nunca.

ML3-11 Una canción de emigrantes. *The following song, «El abuelo», is about life far from home, about those who leave their own countries in search of a better life. Read along as you listen to it and then do the comprehension exercise that follows.*

EL ABUELO

Letra y música de Alberto Cortez

El abuelo un día, cuando era muy joven	
allá en su Galicia, miró el horizonte°	horizon
y pensó que otra senda° tal vez existía.	camino
Y al viento° del norte, que era un viejo amigo,	wind
le habló de su prisa; le mostró sus manos	
que mansas° y fuertes estaban vacías.°	gentle / empty
Y el viento le dijo: «Construye tu vida	
detrás° de los mares,° allende° Galicia».	del otro lado / seas / lejos de
Y el abuelo un día, en un viejo barco	
se marchó° de España.	se... se fue, salió
El abuelo un día, como tantos otros,	
con tanta esperanza.°	hope
La imagen querida de su vieja aldea°	pueblo
y de sus montañas	
se llevó grabada° muy dentro del alma	engraved
cuando el viejo barco lo alejó° de España.	llevó lejos
Y el abuelo un día subió la carreta°	cart
de subir la vida; empuñó° el arado,°	tomó / plow

abonó° la tierra y el tiempo corría.   fertilizó
Y luchó° sereno° por plantar el árbol   *struggled* / con serenidad
que tanto quería.
Y el abuelo un día, solo bajo el árbol
que al fin florecía,°   tenía flores
lloró de alegría cuando vio sus manos
que un poco más viejas no estaban vacías.

Y el abuelo entonces, cuando yo era un niño,
me hablaba de España; del viento del norte,
de su vieja aldea y de sus montañas.
Le gustaba tanto recordar° las cosas   *to remember*
que llevó grabadas muy dentro del alma
que a veces callado,° sin decir palabra,   en silencio
me hablaba de España.

Y el abuelo un día, cuando era muy viejo,
allende Galicia, me tomó la mano
y yo me di cuenta° que ya se moría.   **me...** *I realized*
Entonces me dijo, con muy pocas fuerzas°   *strength*
y con menos prisa: »Prométeme° hijo   *Promise me*
que a la vieja aldea irás algún día
y al viento del norte dirás que su amigo
a una nueva tierra le entregó° la vida».   dio

Y el abuelo un día se quedó dormido
sin volver a España.
El abuelo un día, como tantos otros,
con tanta esperanza.
Y al tiempo° al abuelo lo vi en las aldeas,   **al...** después de un tiempo
lo vi en las montañas, en cada mañana
y en cada leyenda,°   *legend*
por todas las sendas que anduve de España

*Now you will hear ten statements based on the song. Circle **V (verdadero)** if what you hear is true or **F (falso)** if it is false. Each statement will be read twice.*

1. V   F   3. V   F   5. V   F   7. V   F   9. V   F
2. V   F   4. V   F   6. V   F   8. V   F   10. V   F

CAPÍTULO **4**   # Hombres y mujeres

ML4-1 *Julia is at home when she receives a call from Alberto.*

A. *Listen to their conversation. You will hear five comments. For each one of them, circle* **Sí** *if you agree and* **No** *if you disagree with what you hear. Each comment will be repeated.*

1. Sí   No
2. Sí   No
3. Sí   No

4. Sí   No
5. Sí   No

B. *Now listen to the conversation again. You will then hear five statements based on it. Circle* **V** **(verdadero)** *if what you hear is true and* **F (falso)** *if what you hear is false. Each statement will be repeated.*

1. V   F
2. V   F
3. V   F

4. V   F
5. V   F

ML4-2 *Julia receives another telephone call.*

A. *Listen to this conversation. You will then hear four statements, each of which is true for either* **Camila,** **Todo sobre mi madre,** *or* **La vida sigue igual,** *the three movies discussed in the conversation. Circle the letter of the film the statement refers to. Each statement will be repeated.*

1. (a) *Camila*   (b) *Todo sobre mi madre*   (c) *La vida sigue igual*

2. (a) *Camila*   (b) *Todo sobre mi madre*   (c) *La vida sigue igual*

3. (a) *Camila*   (b) *Todo sobre mi madre*   (c) *La vida sigue igual*

4. (a) *Camila*   (b) *Todo sobre mi madre*   (c) *La vida sigue igual*

B. *Now listen to the conversation again. You will then hear four statements based on it. Circle* **V (verdadero)** *if what you hear is true and* **F (falso)** *if it is false. Each statement will be repeated.*

1. V   F   3. V   F
2. V   F   4. V   F

ML4-3 *You will hear four sentences in the preterit tense. Using the cues provided, restate them in the future tense, following the model. Then repeat the correct response after the speaker. The sentences will be repeated.*

Modelo   Ayer fui al cine. Mañana también...
                  Mañana también iré al cine.

ML4-4 *You will hear four sentences in the present tense. Restate them in the past, using the preterit in the main clause. Follow the model. Then repeat the correct response after the speaker. The sentences will be repeated.*

Modelo   Juan cree que pronto romperá con Susana.
                  Juan creyó que pronto rompería con Susana.

ML4-5 *Complete the following sentences by making comparisons of equality, using the cues provided and* **tan** *or a form of* **tanto(-a, -os, -as)** *as appropriate. Follow the models. Then repeat the correct response after the speaker. The sentences will be repeated.*

Modelos   a. Conocemos a una persona... (optimista, usted)
                      Conocemos a una persona tan optimista como usted.

                  b. Aquí hay... (hombres, mujeres)
                      Aquí hay tantos hombres como mujeres.

ML4-6 *Answer the following questions affirmatively, using irregular comparative forms. Follow the models. Then repeat the correct response after the speaker. The questions will be repeated.*

Modelos   a. Jorge y tú tienen buenas clases, ¿no?
                      Sí, pero Jorge tiene mejores clases que yo.

                  b. Pepito y Lupita son pequeños, ¿no?
                      Sí, pero Pepito es menor que Lupita.

ML4-7 *You will hear six definitions. After each one, circle the letter (* **a, b,** *or* **c** *) that corresponds to the words defined. Each definition will be read twice. Follow the model.*

Modelo   Según el Movimiento de Liberación Femenina, relación ideal entre los sexos.
                  (a) dependencia   (b) discriminación   (c) igualdad

1. (a) compartir   (b) cambiar   (c) acompañar

2. (a) obligación   (b) derecho   (c) cuidado

3. (a) verdadero   (b) actual   (c) real

4. (a) débil   (b) dominador(a)   (c) liberado(a)

5. (a) prometer   (b) apoyar   (c) evitar

6. (a) tareas   (b) trabajos   (c) papeles

ML4-8 *Listen to the following passage. Then do the true/false exercise that follows. Mark* **V (verdadero)** *in the blank if what you hear is true or* **F (falso)** *if it is false.*

Vocabulario: el ejército *army*

1. _____ La película *Como agua para chocolate* trata de las relaciones entre los hombres y las mujeres en la España de 1931.

2. _____ La República es una época de liberación social y sexual.

3. _____ Fernando deserta del ejército.

4. _____ Don Manolo es un hombre mayor que ayuda a Fernando.

5. _____ Las hijas de don Manolo son muy feas.

6. _____ Rocío está a punto de casarse con un hombre a quien no quiere mucho.

7. _____ Luz es la mayor de las cuatro hermanas.

8. _____ Luz tiene celos de sus hermanas porque ella también está enamorada de Fernando.

ML4-9 Los futuros esposos. *You will hear a paragraph about Manuel and Sofía, followed by some questions. Listen to the paragraph, which will be read twice.*

Vocabulario

luna de miel	*honeymoon*
posponer	*to postpone*
barco	*ship, boat*
gastar	*to spend*
a fines de	*at the end of*

Now answer the questions with short responses, following the model.

Modelo   *You hear and see:*   ¿Cuándo se van a casar Manuel y Sofía?
              You write: **el 12 de junio próximo**

1. ¿Cuándo se conocieron ellos?

   _____

2. ¿Dónde pasarán su luna de miel?

   _____

3. ¿Qué países de Europa visitarán?

   _____

4. ¿Adónde no irán en este viaje?

   _____

5. ¿Cuánto tiempo estarán en Europa?

_____

6. ¿Cómo viajarán a América del Sur?

_____

7. ¿Con quiénes se quedarán en Lima?

_____

8. ¿Qué profesión tienen Sofía y Manuel?

_____

9. ¿Qué va a enseñar Sofía?

_____

CAPÍTULO **5**   **Vivir y aprender**

ML5-1 *Jessica Jones is living in Bogotá with her friend Julia Gutiérrez; both are attending the* **Universidad de los Andes** *there. They are very busy and are almost never at home. Jessica buys a telephone answering machine.*

A. *Listen to the three messages that Jessica receives. You will then hear five questions based on them. Circle the letters of the correct answers. Each question will be repeated.*

1. (a) su libro de antropología   (b) sus apuntes

2. (a) hoy por la noche   (b) hoy antes de las seis

3. (a) en Colombia   (b) en la librería universitaria

4. (a) sus apuntes   (b) su cartera

5. (a) antes de las seis   (b) después de las ocho

B. *Now listen to the three messages again. You will then hear six statements, each of which is true for either* **Tomás**, **Consuelo Díaz**, *or* **Silvia Salazar**. *Circle* **Tomás**, **Consuelo Díaz**, *or* **Silvia Salazar**, *whomever the comment refers to. Each statement will be repeated.*

1. Tomás	Consuelo Díaz	Silvia Salazar
2. Tomás	Consuelo Díaz	Silvia Salazar
3. Tomás	Consuelo Díaz	Silvia Salazar
4. Tomás	Consuelo Díaz	Silvia Salazar
5. Tomás	Consuelo Díaz	Silvia Salazar
6. Tomás	Consuelo Díaz	Silvia Salazar

ML5-2 *Raúl is worried because he has been getting poor grades lately. Make sentences using* **Ojalá que** *and the subjunctive, as he would. Follow the models. Then repeat the correct response after the speaker.*

Modelos   a.   yo / poder graduarme
                  Ojalá que yo pueda graduarme.

                b.   mis padres / pagar mi matrícula
                  Ojalá que mis padres paguen mi matrícula.

ML5-3 *Create new sentences by substituting in the base sentence the word or phrase given. Follow the models. Then repeat the correct response after the speaker.*

Modelo   Es increíble que ella esté en la biblioteca.
                (Esperamos)
                Esperamos que ella esté en la biblioteca.
                (Es evidente)
                Es evidente que ella está en la biblioteca.

1.   <u>Creo</u> que él quiere seguir medicina.

2.   ¿<u>Insistes</u> en que yo vaya a esa clase?

3.   <u>Es mejor</u> que tú te especialices en ciencias de computación.

4.   <u>Temo</u> que ustedes fracasen en este examen.

5.   <u>Es cierto</u> que esa profesora es muy exigente.

ML5-4 *You will hear five statements. Mark the most logical response to the statement you hear. Then repeat the correct response after the speaker. The statements will be repeated.*

Modelo   ¡Saqué una A + en el examen de física!
                (x) ¡Qué bien! Veo que eres un estudiante excepcional.
                ( ) ¡Qué lástima! Ahora tienes que estudiar más.
                ( ) Es obvio que no tienes problemas con las lenguas.

1. ( )   ¿Por qué? ¿Crees que sea muy aburrida para él?

     ( )   Su madre no quiere que él saque malas notas.

     ( )   ¿Por qué? Es posible que él pueda ayudarte.

2. ( )   Es posible que tus padres estén muy felices.

     ( )   Entonces será mejor que empieces a buscar trabajo.

     ( )   Vas a graduarte más temprano.

3. ( )   Ojalá que lleguen mañana.

     ( )   Tus padres insisten en que te especialices en literatura.

     ( )   ¿Qué quieren que hagas?

4. ( )   Pero estoy seguro que hay otros sobre el mismo tema, ¿no?

     ( )   ¡Qué bien! Entonces podemos ir a la biblioteca.

     ( )   Es lógico que él sea exigente, ¿no?

5. ( ) Porque quiero viajar a Francia y a Italia.

( ) Porque quiero especializarme en estudios latinoamericanos.

( ) Porque mañana tengo que pagar la matrícula.

ML5-5 *You will hear eight brief monologues. Circle the letter that corresponds to the occupation or field of specialization of the person speaking. Follow the model.*

Modelo   ¿Por qué no vino antes? Con la salud no hay que jugar, señora.
Es probable que ese tumor sea benigno, pero uno nunca sabe...

campo: a. química   (b.) medicina

1.	ocupación:	a. profesor	b. arquitecto
2.	campo:	a. matemáticas	b. economía
3.	ocupación:	a. maestra	b. vendedora
4.	campo:	a. filosofía	b. sociología
5.	ocupación:	a. escritora	b. agente de viajes
6.	campo:	a. ingeniería	b. literatura
7.	ocupación:	a. abogado	b. policía
8.	ocupación:	a. estudiante	b. secretario

ML5-6 *Cecilia and Ramón are studying together and exchanging some impressions about their lives as students in this country. The conversation will be divided into two parts. Each part will be read twice. After each part, you will hear several statements based on it. Circle **V (verdadero)** if what you hear is true and **F (falso)** if it is false.*

1. V   F   3. V   F

2. V   F   4. V   F

(Now you will hear the second part of the dialogue.)

5. V   F   8. V   F

6. V   F   9. V   F

7. V   F   10. V   F

ML5-7 Una canción chilena. *The following song was composed by Violeta Parra, the well-known Chilean singer and composer, and interpreted by Daniel Viglietti, an Uruguayan composer and singer. It is part of a group of compositions gathered together under the title of «**Canto libre**» (Free Song). Viglietti says that they are not protest songs, but "birds that fly close, look, comment, and announce the liberation." Read along as you listen to the song and then do the comprehension exercise that follows.*

ME GUSTAN LOS ESTUDIANTES

Letra y música de Violeta Parra

¡Que vivan los estudiantes, jardín de las alegrías!
Son aves° que no se asustan° de animal ni policía;
y no le asustan las balas° ni el ladrar° de la jauría.°
¡Caramba y zamba la cosa,
que viva la astronomía!

birds / no... are not frightened
bullets / barking / pack of hounds

Me gustan los estudiantes que rugen° como los vientos
cuando les meten al oído sotanas° o regimientos.
Pajarillos libertarios igual que los elementos.
¡Caramba y zamba la cosa,
que vivan los experimentos!

roar
cuando... *when they hear (are exposed to) / cassocks (the clergy)*

Me gustan los estudiantes porque levantan el pecho°
cuando les dicen harina,° sabiéndose que es afrecho.°
Y no hacen el sordomudo° cuando se presenta el hecho.°
¡Caramba y zamba la cosa,
el código° del derecho!

chest
flour, wheat / bran
deaf-mute / fact, deed

code

Me gustan los estudiantes porque son la levadura°
del pan que saldrá del horno° con toda su sabrosura°
para la boca del pobre que come con amargura.°
¡Caramba y zamba la cosa,
viva la literatura!

leavening
oven / good taste
bitterness, grief

Me gustan los estudiantes que marchan sobre las ruinas.
Con las banderas en alto va toda la estudiantina.°
Son químicos y doctores, cirujanos° y dentistas.
¡Caramba y zamba la cosa,
vivan los especialistas!

student body
surgeons

Me gustan los estudiantes que van al laboratorio.
Descubren lo que se esconde adentro del confesorio.°
Ya tiene el hombre un carrito que llegó hasta el purgatorio.°
¡Caramba y zamba la cosa,
los libros explicatorios!

lo... *what is hidden inside the confessional*
Ya... *Now people have a cart (i.e., an ideology) which has reached purgatory*

Me gustan los estudiantes que con muy clara elocuencia
a la bolsa negra sacra le bajó las indulgencias.°
Porque ¿hasta cuándo nos dura, señores, la penitencia?
¡Caramba y zamba la cosa,
que viva toda la ciencia°!

a... *on the sacred black market they reduced the indulgences (something done or money paid to absolve sin)*
knowledge

*You will now hear five statements based on the song. Circle **V (verdadero)** if the statement is true and **F (falso)** if it is false. Each statement will be read twice.*

1. V   F   3. V   F   5. V   F
2. V   F   4. V   F

CAPÍTULO **6** **De viaje**

ML6-1 *Mike and Julia are on a trip to Cartagena with some friends.*

A. *Listen to this part of their conversation. You will then hear five questions based on it. Circle the letters of the correct answers. Each question will be repeated.*

1. (a) la ciudad de Cartagena   (b) el castillo de San Felipe

2. (a) toman un taxi   (b) caminan más de dos cuadras

3. (a) murallas muy altas   (b) murallas muy anchas

4. (a) de España o Portugal   (b) de Inglaterra o Francia

5. (a) oro y cosas preciosas   (b) murallas y piratas

B. *Now listen to the conversation again. You will then hear five statements based on it. Circle* **V (verdadero)** *if what you hear is true and* **F (falso)** *if it is false. Each statement will be repeated.*

1. V   F   4. V   F

2. V   F   5. V   F

3. V   F

ML6-2 *Mike and Julia decide to take a tour of San Felipe Castle in Cartagena.*

A. *Listen to their conversation. Then complete the sentences that follow by circling the letters of the appropriate endings. Each sentence will be repeated.*

1. (a) muchos cañones   (b) una gran esmeralda

2. (a) norteamericanos   (b) españoles

3. (a) primos   (b) medio-hermanos

4. (a) un pedazo de cuerpo   (b) mucha gloria

B. *Now listen to the conversation again. You will then hear six phrases. Circle the letter of the person or group that you associate with each of them. The phrases will be repeated.*

1. (a) piratas   (b) españoles   (c) indios

2. (a) Isabel la Católica   (b) Isabel I de Inglaterra   (c) Isabel II de Inglaterra

3. (a) los españoles   (b) los indios   (c) los norteamericanos

4. (a) George Washington   (b) Edward Vernon   (c) Lawrence Washington

5. (a) 30.000   (b) 300.000   (c) 3.000

6. (a) Edward Vernon   (b) Lawrence Washington   (c) Blas de Lezo

ML6-3 *Eduardo asks his mother the following questions as she is about to leave for Argentina. Answer them affirmatively, using direct object pronouns, as his mother would. Follow the models. Then repeat the correct response after the speaker. The questions will be repeated.*

Modelos

    a. ¿Compraste <u>los cheques de viajero</u>?
       Sí, los compré.

    b. ¿Verás <u>a Ana Laura</u>?
       Sí, la veré.

ML6-4 *Restate the following sentences, using indirect object pronouns. Follow the models. Then repeat the correct response after the speaker. Each sentence will be read twice.*

Modelos

    a. Pidieron ayuda <u>a la guía</u>.
       Le pidieron ayuda.

    b. ¿Llevarán recuerdos <u>para sus hijos</u>?
       ¿Les llevarán recuerdos?

ML6-5 *Answer the following questions, using the prepositional pronouns that correspond to the subjects given. Follow the models. Then repeat the correct response after the speaker. Each question will be repeated.*

Modelos

    a. ¿Con quién sales hoy? (tú)
       Salgo contigo.

    b. ¿En quiénes piensan ustedes? (nuestros huéspedes)
       Pensamos en ellos.

ML6-6 *Carlos has not traveled very much and asks his friend Ana, an experienced traveler, for some advice. Using the infinitive phrases you hear, formulate her advice to him by making* **tú** *commands, as she would. Use object pronouns whenever possible. The infinitive phrases will be read twice. Follow the models. Then repeat the correct response after the speaker.*

Modelos

    a. No dejar el pasaporte en la oficina.
       No lo dejes en la oficina.

    b. Llevarles regalos a los amigos.
       Llévaselos.

ML6-7 *You will hear six brief comments related to travel. For each one, mark the only choice that COULD NOT possibly complete what you have heard. The comments will be read twice.*

Modelo   No hay tiempo... Raúl, trae el equipaje. Y tú, Pepe,...
                  ____ a.   sígueme.
                  x b.   vayan a la parada.
                  ____ c.   sube al taxi.

1. _____   a.   hasta la avenida Colón.

   _____   b.   y siéntense en aquella esquina.

   _____   c.   y crucen la Plaza Cervantes.

2. _____   a.   pasaportes listos.

   _____   b.   maletas listas.

   ___   c.   direcciones listas.

3. _____   a.   vengan aquí a jugar.

   _____   b.   déjennos trabajar.

   _____   c.   salgan afuera a jugar.

4. _____   a.   pregunta si el avión sale a horario.

   _____   b.   pregunta si alquilan autos allí.

   _____   c.   pide información al respecto.

5. _____   a.   No se divierta.

   _____   b.   No se preocupe.

   _____   c.   Tenga paciencia.

6. _____   a.   vuelvan muy tarde.

   _____   b.   salgan solos.

   _____   c.   vayan a clase.

ML6-8 *Listen to the following conversation, which will be read twice. You will hear eight statements based on it. Circle* **V (verdadero)** *if what you hear is true and* **F (falso)** *if it is false.*

1. V   F   3. V   F   5. V   F   7. V   F

2. V   F   4. V   F   6. V   F   8. V   F

ML6-9 «Si me dejas no vale» *("If you leave me, it's not fair"). You will now hear a song sung by Julio Iglesias, a very popular Spanish singer. Read along as you listen to the song and then do the comprehension exercise that follows.*

SI ME DEJAS NO VALE

Interpretada por Julio Iglesias

La maleta en la cama preparando tu viaje,
un billete de ida y en el alma coraje,°   indignación, enojo
en tu cara de niña se adivina° el enfado°   se... se refleja, se ve / enojo
y más que° te enojas quiero estar a tu lado.   y... y más porque

Y pensar que me dejas por un desengaño,°   decepción, desilusión
por una aventura que ya he olvidado;
no quieres mirarme, no quieres hablar,
tu orgullo° está herido,° te quieres marchar.   *pride / hurt*

Si me dejas no vale,°   **no...** no cuenta, no es justo
si me dejas no vale,
dentro de una maleta
todo nuestro pasado
no puedes llevarte.

Si me dejas no vale,
si me dejas no vale,
me parece muy caro
el precio que ahora yo
debo pagar.

Deja todo en la cama y háblame sin rencor;°   odio
si yo te hice daño,° te pido perdón;   **si...** *if I hurt you*
si te he traicionado,° no fue de verdad,°   *betrayed* / **de...** *for real*
el amor siempre queda y el momento se va.

*Now you will hear five statements based on the song. Circle **V (verdadero)** if what you hear is true and **F (falso)** if it is false. Each statement will be read twice.*

1. V   F   4. V   F
2. V   F   5. V   F
3. V   F

CAPÍTULO **7** # Gustos y preferencias

ML7-1 *Julia and Mike are driving along a street in Bogotá.*

A. *Listen to their conversation. You will then hear five statements, each of which is true for either Julia or Mike. Circle the letter of the person the statement refers to. Each statement will be repeated.*

1. (a) Julia   (b) Mike

2. (a) Julia   (b) Mike

3. (a) Julia   (b) Mike

4. (a) Julia   (b) Mike

5. (a) Julia   (b) Mike

B. *Now listen to the conversation again. You will then hear five statements based on it. Circle* **V** *(verdadero) if what you hear is true and* **F (falso)** *if it is false. Each statement will be repeated.*

1. V   F   4. V   F

2. V   F   5. V   F

3. V   F

ML7-2 *Mike and Julia are chatting in a downtown area of Bogotá.*

A. *Listen to their conversation and respond to the true–false statements in your manual by circling* **V** *(verdadero) or* **F (falso),** *as appropriate.*

1. V   F   A Julia le encanta el ritmo de la música que ella y Mike escuchan.

2. V   F   Es una música romántica, de ritmo lento.

3. V   F   Mike no quiere entrar al club porque no le gusta bailar.

4. V   F   Julia insiste y finalmente Mike acepta entrar con ella.

B. *Now listen to some excerpts from the song* **«Ya lo dijo Campoamor».** *The excerpts will be repeated. As you listen to them for the second time, respond to the true–false statements in your manual by circling* **V (verdadero)** *or* **F (falso),** *as appropriate.*

Vocabulario

enano	*dwarf*
oso	*bear*
muletas	*crutches*
gallo	*rooster*
billar	*billiards*

1. V   F   Esta canción es un diálogo entre tres personas: Guillermo, Willy Chirino y Álvarez Guedes.

2. V   F   Según Willy Chirino, en su pueblo había una burra experta en ortografía.

3. V   F   También había un enano de noventa años de edad.

4. V   F   Había además un gallo que sabía leer y escribir.

5. V   F   Según Álvarez Guedes, en su pueblo había cosas más fabulosas que en el pueblo de Willy Chirino.

6. V   F   Dice Álvarez Guedes que en su pueblo había un oso que fue campeón de billar.

7. V   F   También había un gato con muletas.

8. V   F   Y según él, ¡en su pueblo creció un árbol de dinero!

ML7-3 *Answer the following questions with a form of* **gustar,** *as in the models. Then repeat the correct response after the speaker. The questions will be repeated.*

Modelos   a.   ¿Por qué no comes frutas?
Porque no me gustan las frutas.

b.   ¿Por qué no van ellos al ballet?
Porque no les gusta el ballet.

ML7-4 *You will hear five sentences; each one will be read twice. Circle the letter of the most appropriate response.*

1. (a) Déjame pensar.

(b) Porque llueve.

(c) Porque tengo sed.

2. (a) Más o menos.

(b) Un momento, por favor.

(c) Vamos a comer.

3. (a) ¡Qué bien! ¡Eso me parece fantástico!

(b) Tiene celos. ¡Eso es obvio!

(c) No sabe nada, absolutamente nada.

4. (a) ¡Qué tontería!

(b) Entonces, ¡hagamos una fiesta!

(c) ¡Como no! ¿A qué hora?

5. (a) No me interesa.

(b) Usted es muy amable. ¡Gracias!

(c) ¡No veo la hora!

ML7-5 *You will hear a comment based on each drawing below. Look at the drawings carefully; then circle* **V (verdadero)** *if the comment is true, and* **F (falso)** *if it is false. The comments will be repeated.*

1. V   F

2. V   F

3. V   F

4. V   F

5. V   F

ML7-6 *Restate the following negative statements affirmatively, following the model. Then repeat the correct response after the speaker.*

Modelo   No quiero verte aquí jamás.
                  Quiero verte aquí siempre.

ML7-7 *Create new sentences by substituting in the base sentence the word or phrase you hear, omitting or using the personal* **a** *as appropriate. Make all necessary changes in the verb. Follow the models. Then repeat the correct response after the speaker. The base sentences will be repeated.*

Modelos   a.   Aquí <u>hay alguien</u> que lleva corbata.
                       (no hay nadie)
                       Aquí no hay nadie que lleve corbata.

                  b.   Buscamos a <u>la profesora</u> que enseña flamenco
                       (una profesora)
                       Buscamos una profesora que enseñe flamenco.

ML7-8 *Restate the sentences, changing the verb in the main clause to a form of* **ir a** *+ infinitive and making all the necessary changes. Follow the models.*

Modelos   a.   Lo hago cuando no tengo tanta prisa.
                       Lo voy a hacer cuando no tenga tanta prisa.

                  b.   Ellos cocinaron después de que salió papá.
                       Ellos van a cocinar después de que salga papá.

ML7-9 *Listen to the conversation between Pablo and Ana as they decide what to buy at the store. You will hear the conversation twice. Make a shopping list for them based on the conversation. The first item is done for you.*

1.   **arroz**
2. _____
3. _____
4. _____
5. _____
6. _____

CAPÍTULO **8**   # Dimensiones culturales

ML8-1 *Tomás is reading a book in the students' cafeteria when Julia and Jessica approach him.*

A. *Listen to the conversation that takes place among them. You will then hear four questions based on it. Circle the letters of the most appropriate answers. Each question will be repeated.*

1. (a) un libro sobre los incas   (b) un libro sobre los mayas

2. (a) observatorios   (b) museos

3. (a) un calendario exacto   (b) una música muy rítmica

4. (a) «No los entendemos.»   (b) «¿Cómo se llama este lugar?»

B. *Now listen to the conversation again. Complete the sentences that follow by circling the letters of the appropriate endings. Each sentence will be repeated.*

1. (a) té   (b) café   (c) agua

2. (a) símbolo   (b) sonido *(sound)*   (c) cero

3. (a) una idea   (b) un número   (c) un sonido

4. (a) aztecas   (b) mayas   (c) incas

5. (a) Ci u than   (b) Chichén-Itzá   (c) Uxmal

ML8-2 *You will hear five negative statements which will be repeated. First, make an affirmative command (without object pronouns). Then restate the sentence, adding object pronouns to the commands. Follow the models. Then repeat the correct response after the speaker.*

Modelos
     a. Me quito el sombrero. (usted)
         Quítese el sombrero.
         Quíteselo.

     b. Nos lavamos las manos. (nosotros)
         Lavémonos las manos.
         Lavémonoslas.

ML8-3 *Give the plural forms of the sentences you hear; each will be read twice. Then repeat the correct response after the speaker.*

Modelo   Me levanté temprano.
Nos levantamos temprano.

ML8-4 *Restate the following sentences using "se constructions for unplanned occurrences," as in the models. Then repeat the correct response after the speaker. The sentences will be repeated.*

Modelos   a.   Ramón perdió el informe.
Se le perdió el informe.

b.   Toño y yo olvidamos los boletos.
Se nos olvidaron los boletos.

ML8-5 *You will hear eight numbered sentences. Write the number of the sentence you hear under the sign with which you associate it. The first two sentences are marked as examples. The sentences will be read twice.*

Modelos   1. No se permite doblar a la derecha.   2. Se debe parar *(stop).*

1

2

____   ____   ____

____   ____   ____

ML8-6 *Listen to the description of* A Day at the Market. *It will be read twice. After the second reading, you will hear 6 questions. Each one will be read twice. Circle the letter of the correct answer. Then repeat the correct response after the speaker and check your choice.*

1. a. los lunes
    b. los sábados
    c. los domingos

4. a. cantan
    b. miran al cielo
    c. regatean

2. a. los indígenas
    b. los niños
    c. los turistas

5. a. de los malos momentos
    b. de las buenas compras
    c. de pagar demasiado

3. a. Se come bien y se paga mucho.
    b. Se come poco y se paga mucho.
    c. Se come bien y se paga poco.

6. a. cuenta su dinero
    b. va al cine
    c. vuelve a casa

ML8-7 Un poema-canción de Nicolás Guillén. *The lyrics to the following song were written as a poem by Nicolás Guillén (1902–1989), a well-known Cuban poet. Read along in your manual as you listen to the song. Then do the exercise that follows.*

LA MURALLA°

		WALL
bis)°	Para hacer esta muralla, tráiganme todas las manos: los negros sus manos negras, los blancos sus blancas manos.	repetir
bis)	Una muralla que vaya desde la playa hasta el monte,° desde el monte hasta la playa, allá sobre el horizonte.°	montaña horizon
	—¡Tun, tun! —¿Quién es? —Una rosa y un clavel...° —¡Abre la muralla!	carnation
	—¡Tun, tun! —¿Quién es? —El sable° del coronel...° —¡Cierra la muralla!	saber / colonel
	—¡Tun, tun! —¿Quién es? —La paloma° y el laurel... —¡Abre la muralla!	dove
	—¡Tun, tun! —¿Quién es? —El gusano° y el ciempiés...° —¡Cierra la muralla!	worm / centipede

—¡Tun, tun!
—¿Quién es?

Al corazón° del amigo,   *heart*
abre la muralla;
al veneno° y al puñal,°   *poison / dagger*
cierra la muralla;

al mirto° y la yerbabuena,°   *myrtle / mint*
abre la muralla;
al diente° de la serpiente,   *tooth*
cierra la muralla;
al corazón del amigo,
abre la muralla;
al ruiseñor° en la flor...   *nightingale*

bis) Alcemos° esta muralla   **Construyamos, Levantemos**
juntando todas las manos;
los negros, sus manos negras,
los blancos, sus blancas manos.

bis) Una muralla que vaya
desde la playa hasta el monte,
desde el monte hasta la playa,
allá sobre el horizonte...

—¡Tun, tun!
—¿Quién es? (etc.)
....
....
al corazón del amigo,
abre la muralla;
al ruiseñor en la flor,
¡abre la muralla!

*Now listen to the following five statements based on the song. Circle **V (verdadero)** if the statement you hear is true and **F (falso)** if it is false. Each statement will be read twice.*

1. V   F   4. V   F

2. V   F   5. V   F

3. V   F

CAPÍTULO **9** # Un planeta para todos

ML9-1 *Julia is visiting Amacayacu Park, a nature preserve in the Colombian Amazon, near the city of Leticia. A tourist guide is talking to a group of tourists.*

A. *Listen to the conversation between the guide and some of the tourists. You will then hear five questions based on it. Respond to the questions by circling the most appropriate answers. Each question will be repeated.*

1. los reptiles	los mamíferos	los pájaros
2. un pájaro	un insecto	un reptil
3. cocodrilos	iguanas	anacondas
4. recuerdos	plantas	guacamayas
5. en el parque	en los mercados	en los refugios

B. *Now listen to the conversation again. Circle* **V (verdadero)** *if what you hear is true and* **F (falso)** *if it is false. Each statement will be repeated.*

1. V	F		5. V	F
2. V	F		6. V	F
3. V	F		7. V	F
4. V	F		8. V	F

ML9-2 *You will hear six sentences; each one will be read twice. Restate each sentence in the past tense, using the imperfect indicative or subjunctive, as appropriate. Then repeat the correct response after the speaker.*

Modelo   Es posible que vean muchas mariposas.
              Era posible que vieran muchas mariposas.

ML9-3 *In your manual, circle the letter of the response that correctly completes each sentence. Each sentence will be read twice.*

Modelo　　　La gasolina es uno de los productos...
　　　　　　　(a.) del petróleo　b. del bosque　c. de la ecología

1. (a) naturaleza　　　　　　(b) niebla　　　　　　　(c) basura

2. (a) una huerta　　　　　　(b) un parque　　　　　　(c) una selva

3. (a) reservas　　　　　　　(b) latas　　　　　　　(c) periódicos

4. (a) las abejas　　　　　　(b) los pájaros　　　　　(c) las mariposas

5. (a) árboles　　　　　　　(b) semillas　　　　　　(c) flores

6. (a) reciclaje　　　　　　(b) ecoturismo　　　　　(c) ejercicio

7. (a) del agua　　　　　　　(b) del aire　　　　　　(c) por el ruido

ML9-4 *Restate the following sentences you hear in the past tense, following the model. Then repeat the correct response after the speaker. Each sentence will be read twice.*

Modelo　　　Si quieres mejorar, tendrás que cuidarte más.
　　　　　　　Si quisieras mejorar, tendrías que cuidarte más.

ML9-5 *You will hear six sentences. Complete each sentence with an adverb that corresponds to the prepositional phrase in the sentence you hear. Follow the models. Then repeat the correct response after the speaker.*

Modelos　　　a.　En general, ellos son muy responsables.
　　　　　　　　　Generalmente, ellos son muy responsables.

　　　　　　　　b.　Bajó con cuidado.
　　　　　　　　　Bajó cuidadosamente.

ML9-6 *You will hear ten verbs in their infinitive forms. The verbs will be repeated. Give a noun used in this chapter and related to each of the verbs. Follow the models. Include the corresponding definite article. Then repeat the correct response after the speaker.*

Modelos　　　a.　reciclar　　　　　b. llover
　　　　　　　　　el reciclaje　　　　**la lluvia**

ML9-7 *You will hear eight comments about ecology and related issues. The comments will be read twice. For each of them, mark in your manual the response or reaction you find most appropriate. Follow the model.*

Modelo　　　En casa no desperdiciamos nada y sólo compramos envases retornables.
　　　　　　　( ) Probablemente acumulan mucha basura.
　　　　　　　(**x**) Probablemente acumulan muy poca basura.

1. ( )　Te recomiendo Costa Rica.

　　( )　Te recomiendo Puerto Rico.

2. ( )　¿Por qué no los tiras en la basura?

　　( )　¿Por qué no los llevas al centro de reciclaje?

3. ( )　Entonces van a tener muchas flores.

　　( )　Entonces van a tener verduras frescas.

4. ( ) ¿Sigue cursos de estudios ambientales?

( ) ¿Sigue cursos de biología?

5. ( ) Entonces hay que reciclarla, ¿no?

( ) Entonces hay que tomar agua embotellada, ¿no?

6. ( ) Pues debería hacer ecoturismo en la Amazonia colombiana.

( ) Pues debería visitar las playas del Caribe.

7. ( ) Obviamente estaban a favor del control de la natalidad.

( ) Obviamente estaban en contra del control de la natalidad.

8. ( ) Sí, hay que plantar más árboles.

( ) Sí, hay que proteger los bosques.

ML9-8 *Listen to Ricardo, the host of the radio program "Theme of the Day," as he talks about the problems of ecology. The excerpt from his program will be read twice. After the second reading you will hear 5 statements read. Each statement will be read twice. Circle the letter of the correct way of finishing each of these statements.*

1. a. cuántos problemas hay

   b. cuál es el peor problema

   c. cómo podemos escoger

2. a. la contaminación del aire

   b. la extinción de especies

   c. la destrucción de la capa de ozono

3. a. la destrucción de los bosques

   b. la contaminación de los ríos

   c. el calentamiento global

4. a. usáramos los garajes

   b. tomáramos el bus

   c. manejáramos mejor los coches

5. a. no destruirían árboles

   b. no necesitarían ecoturismo

   c. no tendrían problemas

CAPÍTULO **10** # La imagen y los negocios

ML10-1 *Ramón is having some financial problems and asks Julia for help.*

A. *Listen to their conversation. Complete the sentences that follow by circling the letter of the appropriate ending. The statements will be repeated.*

1. (a) gasta poco   (b) gasta mucho
2. (a) con sus gastos   (b) a preparar un presupuesto
3. (a) le cuesta mucho   (b) no le cuesta nada
4. (a) ahorrar dinero   (b) ahorrar tiempo
5. (a) cinco mil pesos   (b) cincuenta mil pesos

B. *Now listen to the conversation again. You will then hear eight statements based on it. Circle* **V (verdadero)** *if what you hear is true and* **F (falso)** *if it is false. Each statement will be repeated.*

1. V   F   5. V   F
2. V   F   6. V   F
3. V   F   7. V   F
4. V   F   8. V   F

ML10-2 *Answer the following questions using the present perfect tense and object pronouns, following the models. Then repeat the correct response after the speaker. Each question will be read twice.*

Modelos
    a. ¿Abrió usted el restaurante?
        Sí, lo he abierto.

    b. ¿Visitaron ustedes a las dueñas?
        Sí, las hemos visitado.

ML10-3 *Restate the following sentences using the present perfect subjunctive and the cues provided. Follow the models. Then repeat the correct response after the speaker. The sentences will be repeated.*

Modelos
    a. Dudo que llames mañana. (ayer)
        Dudo que hayas llamado ayer.

    b. No creo que tengan hambre ahora. (anoche)
        No creo que hayan tenido hambre anoche.

ML10-4 *For each item, mark the sentence that you hear. Each sentence will be read twice.*

Modelo
    ( ) Obtuve una cita con el profesor.
    (**x**) Hoy tuve una cita con el profesor.

1. ( ) Alma tiene una familia grande.
     ( ) Él mantiene a una familia grande.

2. ( ) Eso es muy caro.
     ( ) Eso es un carro.

3. ( ) ¿Lo quieres ahora?
     ( ) ¿Lo quieres ahorrar?

4. ( ) Sé que el anuncio fue ayer.
     ( ) Sé que él anunció eso ayer.

5. ( ) Elvira gastó mucho.
     ( ) Él regateó mucho.

6. ( ) ¿Le contaste el secreto a Mario?
     ( ) ¿Le contaste eso al secretario?

7. ( ) El dueño vendió la tienda.
     ( ) El dueño lo vio en la tienda.

ML10-5 *You will hear eight questions. Each one will be read twice. Answer each question by circling the best response. Follow the model.*

Modelo
    ¿Cómo se llama la persona que trabaja en una tienda?
    cura (dependiente) deuda

1. dueño	vendedor	presupuesto
2. la ropa	los anuncios	las deudas
3. ahorrar	gastar	conservar

4. tiendas	oficinas	hospitales
5. contratar	reducir	regatear
6. invertirla	pagarla	prestarla
7. un estudiante	un médico	un profesor
8. ganar dinero	gastar dinero	malgastar dinero

ML10-6 *You will hear six questions. Answer the questions affirmatively, using the past perfect tense and the cues provided. Follow the model. Then repeat the correct response after the speaker. The questions will be repeated.*

Modelo   ¿Viste esa película antes? (dos veces)
               Sí, había visto esa película dos veces antes.

ML10-7 *Answer the following questions in the affirmative, using the appropriate past participle forms, as in the models. Then repeat the correct response after the speaker.*

Modelos   a. ¿Abrieron la ventana?
                   Sí, la ventana está abierta.

                b. ¿Rompieron los platos?
                   Sí, los platos están rotos.

ML10-8 *Read along as you listen to the following conversation between Ramón and a salesperson. While you listen to what they are saying, complete their dialogue by circling in your manual the words they use in their conversation.*

VENDEDORA: Buenas tardes, señor. ¿En qué puedo (ayudarlo / servirlo)?

RAMÓN: Buenas tardes. Sólo estoy mirando.

VENDEDORA: ¿Le interesa esa (computadora / calculadora)? Es de muy alta (cualidad / calidad).

RAMÓN: Pues, no sé. ¿Cuánto (cuesta / es)?

VENDEDORA: Dos (billones / millones) de pesos. (Está / Fue) hecha en (Japón / Hong Kong). Y viene con una (batería recargable / impresora láser) de muy alta calidad.

RAMÓN: ¡Dos (billones / millones) de pesos! ¡Qué (cara / caramba)! La verdad es que vine aquí a comprar una (computadora / calculadora) que me ayudara a controlar los gastos. O sea, que no quería gastar (tanto / mucho).

VENDEDORA:	Pues, permítame mostrarle este modelo. Esta (computadora / calculadora) no tiene (impresora láser / batería recargable) y no es tan rápida como la otra, pero está a precio (fijo / reducido). Sólo cuesta un (millón / billón) de pesos.
RAMÓN:	Mmm... Pues, ¿me haría el favor de (enseñarme / mostrarme) la computadora más barata que (venden / tienen)?
VENDEDORA:	Con mucho gusto. Mire usted... Esta computadora está muy (barata / bien hecha). Pero no tiene (programación / programa) para calcular los gastos y no tiene mucha (calidad / memoria).
RAMÓN:	¿O sea, la otra, la de un (millón / billón) de pesos, es mejor para (calcular / programar) los gastos?
VENDEDORA:	(Mucho / Bastante) mejor, sin duda alguna.
RAMÓN:	¿Ustedes aceptan tarjetas de (débito / crédito)?
VENDEDORA:	Claro que sí.
RAMÓN:	Entonces, quizás debo (llevar / comprar) el modelo de un (millón / billón) de pesos. ¡Y voy a (comenzar / empezar) a usarla hoy mismo, para controlar bien los gastos!

ML10-9 *Listen to the reading of a page written by María Teresa in her diary. It will be read twice. After the second reading, you will hear 6 statements based on what you heard. Each one will be read twice. Circle* **V (verdadero)** *if the statement is true and* **F (falso)** *if it is false. Each statement will be read twice.*

1. V   F   3. V   F   5. V   F
2. V   F   4. V   F   6. V   F

CAPÍTULO **11**   **¡Adiós, distancias!**

ML11-1 *Mike and Julia are talking with Mrs. Gutiérrez, Julia's mother.*

A. *Listen to their conversation. You will then hear four questions about it. Circle the letters of the most appropriate answers. Each question will be repeated.*

1. (a) en el aeropuerto   (b) en su casa

2. (a) refrescos   (b) cervezas

3. (a) se divirtieron   (b) se enfermaron

4. (a) un archivo de reserva   (b) unos chistes

B. *Now listen to the conversation again. You will then hear seven statements, each of which is true for either Julia, Mike, Mrs. Gutiérrez, or for both Julia and Mike. Circle **Julia, Mike, Señora Gutiérrez,** or **Julia y Mike,** whomever the comment refers to. Each statement will be repeated.*

1. Julia	Mike	Señora Gutiérrez	Julia y Mike
2. Julia	Mike	Señora Gutiérrez	Julia y Mike
3. Julia	Mike	Señora Gutiérrez	Julia y Mike
4. Julia	Mike	Señora Gutiérrez	Julia y Mike
5. Julia	Mike	Señora Gutiérrez	Julia y Mike
6. Julia	Mike	Señora Gutiérrez	Julia y Mike
7. Julia	Mike	Señora Gutiérrez	Julia y Mike

ML11-2 *You will hear five sentences about a party; each one will be repeated. Change the sentences to the past, following the model. Then repeat the correct response after the speaker.*

Modelo   Me alegro que la fiesta sea en casa de Juliana. (Me alegraba)
              Me alegraba que la fiesta fuera en casa de Juliana.

ML11-3 *You will hear four conditional statements. Each of them will be read twice. Restate them in the past, following the model. Then repeat the correct response after the speaker.*

Modelo   Si tuviéramos dinero, compraríamos una computadora nueva.
              Si hubiéramos tenido dinero, habríamos comprado una computadora nueva.

ML11-4 *Give short answers to the following questions, which are based on the drawing in your manual. Then repeat the correct responses after the speaker. Each question will be read twice.*

Modelo   ¿Cómo se llama la máquina que sirve para imprimir documentos?
              Se llama impresora.

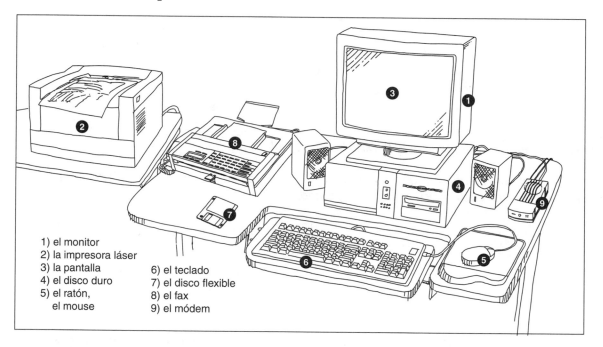

1) el monitor
2) la impresora láser
3) la pantalla
4) el disco duro
5) el ratón,
   el mouse
6) el teclado
7) el disco flexible
8) el fax
9) el módem

ML11-5 *Circle the word or phrase that corresponds to the definition you hear. Follow the model. The definitions will be repeated.*

Modelo   Sinónimo de computadora.
              servidor (ordenador) buscador

1. claustrofobia	agorafobia	tecnofobia
2. usuarios	ciberamigos	amigos platónicos
3. archivar	bajar	guardar
4. por lo menos	por si acaso	por otra parte
5. por las dudas	por completo	por eso
6. estar por	estar para	estar de
7. entrar al sistema	programar	salir del sistema
8. movible	compacta	portátil

ML11-6 *Answer the following questions in the affirmative. Use* **por** *or* **para** *in your answers, as in the models. Then repeat the correct answer after the speaker. Each question will be read twice.*

Modelos
    a. ¿Van ustedes hacia la universidad?
        Sí, vamos para la universidad.

    b. ¿Entró él a través de la ventana?
        Sí, él entró por la ventana.

ML11-7 Házmelotodo. *Listen to the following story which will be read twice. You will then hear six statements based on it. Circle* **V (verdadero)** *if the statement is true and* **F (falso)** *if it is false. The statements will also be read twice.*

1. V   F   4. V   F

2. V   F   5. V   F

3. V   F   6 V   F

ML11-8 Dictado. *The title of the following paragraph could be* **«Un enigma de pensamiento lateral»** *("A Puzzle of Lateral Thinking"). Write the sentences as you hear them. Each sentence will be read twice. At the end of the dictation the entire paragraph will be read once again.*

_____

_____

_____

_____

_____

_____

_____

_____

_____

_____

_____

_____

_____

CAPÍTULO **12** **La imaginación creadora**

ML12-1 *It's been a year since Mike and Julia met at a party. Much has happened since then, and Julia's life is definitely not the same . . .*

A. *First listen to the following conversation between Mike and Julia who meet at Plaza Bolívar. You will then hear five questions based on it. Circle the letters of the most appropriate answers. Each question will be repeated.*

1. (a) Mike   (b) Julia

2. (a) Mike   (b) Julia

3. (a) Es antropólogo.   (b) Es fotógrafo.

4. (a) fotografía   (b) arte y pintura

5. (a) en la Universidad de los Andes   (b) en la Universidad de Florencia

B. *Now listen to the conversation again. Complete the sentences that follow by circling the letters of the most appropriate answers. Each sentence will be repeated.*

1. (a) la Universidad de Florencia.   (b) un amigo.   (c) Julia.

2. (a) la Universidad de Florencia.   (b) un amigo.   (c) Mike.

3. (a) trabajar con un amigo.   (b) visitar a su amigo.   (c) conocer Río de Janeiro.

4. (a) por teléfono.   (b) por fax.   (c) por carta.

5. (a) en dos semanas.   (b) en unos meses.   (c) en un año.

6. (a) Colombia.   (b) Brasil.   (c) Italia.

ML12-2 *Restate the following sentences using the present progressive tense. Follow the model. Then repeat the correct response after the speaker.*

Modelo   Cecilia y Rogelio leen el texto de español.
Cecilia y Rogelio están leyendo el texto de español.

ML12-3 *Restate the following sentences using diminutives that end in a form of **-ito**. Follow the models. Then repeat the correct response after the speaker.*

Modelos   a. <u>Mamá</u> leyó un <u>poema</u>.
                  Mamita leyó un poemita.

                 b. <u>Eduardo</u> dibuja muchas <u>casas</u>.
                  Eduardito dibuja muchas casitas.

ML12-4 *Find the word that best completes the sentence you hear. Write the number of the sentence in the space provided, following the models.*

Modelos   1. Una mujer que enseña en una universidad es una...
             2. Pablo Picasso era...

_____ científico	_____ arquitecto	___2___ pintor	_____ médica
_____ carpintero	___1___ profesora	_____ novelista	_____ actriz
_____ poeta	_____ músico	_____ periodista	_____ bailarín

ML12-5 *Create new sentences by substituting in the base sentence the word or phrase that you hear. Make all necessary changes. Follow the models. Then repeat the correct response after the speaker.*

Modelos   a. <u>Lo terrible</u> es que fracasó en el examen.
                (Lo malo)
                Lo malo es que fracasó en el examen.
                (Lo cierto)
                Lo cierto es que fracasó en el examen.

             b. <u>Esos muchachos</u>, los que están sentados, siguen un curso de fotografía.
                (Aquel señor)
                Aquel señor, el que está sentado, sigue un curso de fotografía.
                (Mi amiga)
                Mi amiga, la que está sentada, sigue un curso de fotografía.

1. Tengo una profesora cuyo <u>esposo</u> es biólogo.

2. ¿Dónde están <u>los primos</u> de Jorge, los que ayer fueron a la conferencia?

3. <u>La muchacha</u> con quien estudio acaba de volver de la biblioteca.

4. <u>Lo interesante</u> será saber la opinión del arquitecto.

5. ¿Puede llevarnos <u>al colegio</u> detrás del cual hay un parque?

ML12-6 *You will hear seven incomplete statements. Complete them by circling the word that best fits each statement, following the model. The statements will be read twice.*

Modelo   Un lugar donde se venden libros es...

una biblioteca ⟨una librería⟩ una tienda

1. un ensayo	un poema	un cuento
2. estampilla	tela	humor
3. un carácter	un personaje	un narrador
4. crear	copiar	escribir
5. retratos	tejidos	investigaciones
6. tiempo	carácter	persona
7. una novela	una escultura	una carta

ML12-7 *You will hear eight brief descriptions of important Hispanic artists, writers, or scientists. For each one, you are given two possible answers. Circle the name of the person that corresponds to the description you hear. Follow the model.*

Modelo   Músico español; famoso violoncelista y director de orquesta. Murió en 1973...

Julio Iglesias ⟨Pablo Casals⟩

1. Laura Esquivel	Isabel Allende
2. Miguel de Cervantes	Miguel de Unamuno
3. Pablo Neruda	Gabriel García Márquez
4. José Martí	Jorge Luis Borges
5. Gabriela Mistral	Violeta Parra
6. Pablo Picasso	Francisco José Goya
7. Mario Molina Henríquez	Nicolás Guillén
8. Carlos Fuentes	Antoni Gaudí y Cornet

ML12-8 *Listen to the reading of a letter written by* **Carlos** *to his sister* **Aracely.** *It will be read twice. After the second reading, you will hear 6 statements based on what you heard. Each statement will be read twice. Circle* **V (verdadero)** *if the statement is true and* **F (falso)** *if it is false.*

1. V F	3. V F	5. V F
2. V F	4. V F	6. V F

ML12-9 Una balada argentina. *The following song is a ballad composed by María Elena Walsh and M. Cosentino, and interpreted by the former, an Argentinian singer known mainly for her songs for children. Read along as you listen, and then do the comprehension exercise that follows.*

¿DÓNDE ESTÁN LOS POETAS?

¿Dónde están los poetas?
Los poetas, ¿por dónde andarán?
Cuando cantan y nadie los oye
es señal° de que todo anda mal.　　　　　　　　　　　*sign*
Si están vivos los premia el olvido,°　　　　　　　　**los...** *neglect is their reward*
pero a algunos quizás les harán
homenajes° después que se mueran,　　　　　　　　　*homage*
en la cárcel° o en la soledad.　　　　　　　　　　　*prisión*
¿Quiénes son los poetas?
Los testigos° de un mundo traidor.　　　　　　　　　*witnesses*
Ellos quieren salir a la calle
para hacer la revolución.
Y en la esquina se van por las ramas°　　　　　　　**se...** *they start beating around the bush*
donde un pájaro se les voló.
Y se encierran° de nuevo en sus libros　　　　　　　**se...** *they lock themselves up, bury themselves*
que no encuentran lector ni editor.
Y quizás los poetas
no se venden ni mienten jamás.
Es posible que a veces alquilen
sus palabras por necesidad,
o que un par de ilusiones perdidas
cada día las cambien por pan.
Pero son la conciencia de todos
y ratones de la eternidad.
　　　Aquí están los poetas
　　　ayudándonos a suspirar.°　　　　　　　　　　*wish, long for things*
　　　Aquí están los poetas
　　　ayudándonos a suspirar.
　　　Aquí están los poetas
　　　ayudándonos a suspirar.

Now you will hear eight statements based on the song. Circle **V (verdadero)** *if the statement is true and* **F (falso)** *if it is false. Each statement will be read twice.*

1. V　　F　　　　　　　　5. V　　F

2. V　　F　　　　　　　　6. V　　F

3. V　　F　　　　　　　　7. V　　F

4. V　　F　　　　　　　　8. V　　F

Credits

Realia

p 49 Universidad Nacional Mayor de San Marcos, Oficina de Relaciones Públicas, Lima, Perú.

p 55 Universidad de Santiago de Compostela, Cursos Internacionales de Verano, Santiago de Compostela, A Coruña, España.

p 73 "De la siguiente relación . . . ?" from J. Cisneros and A. Ferrari, "Del jardin a la calle: La juventud peruana de los '90," *Debate,* vol. 16, no. 74, Lima, Perú.

p 77 "Lo último: Mi estilo: Dominó: En positivo negativo" from *People en español,* June/July 2001.

p 95 Map of Reserva de la Biosfera del Manu (Perú) from *Diario El País,* 6 February 1998, Madrid, Spain.

p 137 Advertisements for Marcela Serrano, *Nuestra Señora de la Soledad;* José Saramago, *El año de la muerte de Ricardo Reis;* Julio Cortázar, *Cuentos completos I & II,* from Alfuaguara Spring 2001 Catalogue.

p 126 Cartoon of Internet love by Norma Vidal.

Songs

p 144 "La T.V." by Ángel Parra.

p 154 "El abuelo" sung by Alberto Cortez. Productor Fonográfico Gioscia, Montevideo, Uruguay.

p 164 "Me gustan los estudiantes" by Violeta Parra, on her recording *Canto Libre.* Orfeo. Productor fonográfico Gioscia, Montevideo, Uruguay.

p 168 "Si me dejas no vale" interpreted by Julio Iglesias, on his recording *A mis 33 años.* Productor Fonográfico Discos CBS-SAICF, Argentina.

p 170 "Ya lo dijo Campoamor" by Willy Chirino, on his recording South Beach, Sony Tropical © 1993 Sony Discos, Inc.

pp 175-76 "La muralla" sung by Los Quilapayún, on their recording *Basta: Chants Révolutionnaires.* Movie Play. Productor Fonográfico Discos DICAP-PROCOPE, Portugal.

p 192 "¿Dónde están los poetas?" by María Elena Walsh, on her recording *El sol no tiene bolsillos.* Productor Fonográfico Discos CBS-SAICF, Argentina.